KB054410

仙道 체험기

김태영 著

110

글앤북

조국이 일제의 식민지 치하에서 해방이 된 지 어느덧 70주년이 되었건만 해방과 더불어 미국과 소련에 의해 강요된 남북 분단은 여전히 현재 진행형이고 그 분단이 도대체 언제 끝날지 아는 사람은 하느님 외에는 아무도 없다.

분단을 주도한 두 나라 중의 하나인 미국은 지금 비록 한국의 혈맹으로 남아 있다고 하지만 다른 한 나라인 소련은 이미 25년 전에 공중 분해되어 지도상에서 가뭇없이 사라져버렸고, 지금은 러시아가 그 후계국이 되어 있다.

결과적으로 미국과 러시아는 현재로서는 한국을 둘로 갈라는 놓았지만 다시 통일시키는 데는 별 뾰족한 방안을 내놓을 생각조차 못하는 후안무치(厚顔無恥)한 존재로 변질되었다.

같은 분단국이었던 전쟁범죄국 독일에게는 미국과, 멸망 직전이기는 하지만, 소련이 힘을 합하여 통독을 도와주었건만, 일본의 식민지였던 한국의 분단을 해소할 통일의 두 당사국 중에서 지금은 소련이 사라져버림으로써 결자해지(結者解之)의 가능성도 바랄 수 없게 되었다.

1953년 6월 18일에, 남한 땅에 홀로 떨어져 62년을 살아온 실향민인 나는 이때를 당하여 어떻게 하면 우리나라가 다시 통일을 할 수 있을까 하고 내 나름대로 열심히 여러 각도에서 꼼꼼하게 심사숙고 (深思熟考)해 보았다.

나는 그동안 남북 당국자들 사이에 오고 간 수많은 통일 노력들을 면밀하게 검토해 보았지만 개성공단 외에는 그 어느 것 하나 현실적으로 뿌리를 내리지 못했다는 것을 알아냈다. 그 원인은 그 제안들이 모두 다 현실성이 없었기 때문이었다. 따라서 나는 남북 당국자들 사이의 통일 노력은 콩으로 메주를 쑨다고 해도 믿지 않게 되었다.

생각 끝에 나는 그동안 분단되었다가 통일을 성취한 대표적인 경우가 세계에서 두 번 있었다는 것을 알아냈다. 남북 베트남과 동서 독일의 통일이 그것이다. 1975년의 베트남 통일은 무력에 의한 통일이었고 1990년의 독일 통일은 흡수 통일이었다. 나는 모든 여건상 한국은 무력 통일보다는 흡수 통일이 가장 현실성이 있다는 것을 알게 되었다.

『선도체험기』 110권에 수록된 여러 기사들이 바로 이러한 방향에서의 통일 문제에 할애되었다. 그 중에서도 나 자신을 비롯한 탈북자들의 이야기를 될수록 많이 실으려고 노력했다. 서독의 동독 흡수 통일이 가능했던 것은 동독 주민들의 서독으로의 대량 유입 때문이었다.

지금은 탈북자 수가 3만 명 정도지만 앞으로 계속 늘어만 난다면 북한은 동독이 그랬던 것처럼 인재 부족난으로 자연스럽게 붕괴되어 남한에 흡수 통일되는 길밖에는 다른 길이 없게 될 것이다.

요즘 우리나라에서 한창 일고 있는 '통일 나눔 펀드' 운동도 이런 방향으로 진행되어야 알찬 결실을 보게 될 것이다. 왜냐하면 북한을 떠나 한국에 오고 싶어도 6백만 원이나 되는 국경 통과비용이 없어서 발을 동동 구르는 동포들을 '통일 나눔 펀드'를 이용하여 도와줄 수 있을 것이기 때문이다.

그렇게 되어 탈북자 수효가 지금의 3만에서 10만, 100만, 1000만으로 늘어날 경우를 대비하여 휴전선 남쪽 남한 전역에 개성공단과 같은 시설을 순차적으로 대규모로 건설하여, 탈북자들이 한국에 도착되는 족족 일자리를 제공한다면 지금의 개성공단에서처럼 대부분의 임금을 가로채는 북한 당국이라는 중간 횡령자가 없어지므로 탈북자 수는 기하급수적으로 늘어나게 될 것이다.

요컨대 앞으로 모든 통일 노력은 탈북자들의 인력과 우리 기업들의 기술과 자본이 결합됨으로써 공생 공존하는 데서 찾아야 할 것이다.

동독 주민들의 서독으로의 대량 탈출과 개성공단의 두 귀중한 사례야말로 70년 묵은 한국 분단을 해소하고 통일을 성취하는 첩경이요 확실한 이정표인 동시에 암흑 속의 횃불이 되고야 말 것이다.

이메일 : ch5437830@kornet.net
단기 4348(2015)년 8월 15일
강남구 삼성동 우거에서 김 태 영 씀

차 례

Contents

통일이 안 되는 이유

2015년 2월 21일

우창석 씨가 말했다.

"선생님, 해방 후 70년이 되도록 남북통일이 안 되는 이유가 도대체 무엇입니까?"

"1945년 얄타 회담에서 미국의 루즈벨트와 소련의 스탈린이 승전국의 위세를 내세워 제멋대로 38선을 경계선으로 하여 한반도를 둘로 갈라놓고, 남쪽은 미군이 북쪽은 소련군이 진주하여 이질적인 체재와 문화를 가진 두 군사력이 각기 군정을 펴기 시작한 것이 첫째 이유입니다.

처음에 미군과 소련군은 38선 교통 요소들에 검문소들을 세워놓고 주민 이동을 통제하기는 했지만 지금의 비무장지대처럼 완전히 통행을 차단하지는 않았습니다. 그래서 한때 남북 사이에는 옛 왕조시대의 보부상들의 후예인 보따리 장사꾼들이 비교적 자유롭게 오가곤 했습니다.

그처럼 양쪽 주민들이 계속 왕래할 수 있었더라면 남북통일이 지금처럼 70년 동안이나 지연되지는 않았을 것입니다. 그러나 실제로는 소련과 중공을 등에 업은 김일성의 육이오 남침과 미군과 유엔군 그리고 중공군의 참전, 휴전 그리고 김씨 왕조의 남침 적화 야욕으로 양쪽 주민들의 자유로운 이동이 완전히 막히면서 분단이 무한정 연장되고 고착화된 것이 두 번째 이유입니다."

"그럼 지금이라도 양쪽 주민들의 자유로운 이동만 허용된다면 통일은 평화적으로 그리고 자동적으로 이루어질 수 있을까요?"

"물론입니다. 그러나 어디까지 가상(假想)입니다. 기적이나 개벽이 일어나지 않는 한 실제로 그런 일이 남북 사이에 일어난다는 것은 지금의 철벽처럼 꽉 막힌 양측의 군사력 대치 상태 속에서는 상상도 할 수 없는 일입니다."

"왜요?"

"지금은 남북 어느 쪽도 자기네가 내건 조건이 충족되지 않는 한 통일은 원하지 않기 때문입니다. 북의 김씨 왕조 체제의 지배하에서는 주민의 직업 선택의 자유와 거주 이동의 자유가 원천적으로 완벽하게 봉쇄되어 있으므로 북한 주민의 남한으로의 자유로운 이동은 꿈도 꾸어볼 수 없는 일입니다.

한편 한국은 북한이 비록 자기네 주민의 남한으로의 대량 이동을 허용한다고 해도 그것을 당장 받아들일 준비가 되어 있지 않습니다."

"그 이유가 무엇일까요?"

"만약에 북한 주민의 남한으로의 이동이 지금 당장 무제한 자유화된다면 25년 전 동독 주민의 서독으로의 대량 유입 사태와 유사한 민족 대이동이 재연될 것이고 그렇게 되면 한국은 그 당시의 서독처럼 큰 혼란에 빠지게 되고 경제는 마비되어 크게 휘청대는 국가적 혼란과 경제적 위기가 발생될 수 있을 것이기 때문입니다.

대한민국의 박근혜 대통령은 비록 '통일은 대박'이라고 외치지만 그러한 국가적 위기 상황은 원치 않을 것입니다."

"그러나 지금 한국에는 중국·러시아·베트남·몽골·필리핀·캄보디아·태국·인도·아프리카·중동 등지에서 한국에 부족한 인력들이 85만 명 이상 들어와 있듯이 북한 인력도 제한적으로 들어올 수 있다면 어떻게 될까요?"

"그런 일은 북한의 김씨 왕조가 존재하는 한 꿈도 꾸어볼 수 없는 일입니다."

"지금 개성공단에 진출한 우리 기업체들이 북한 인력을 쓰는 것을 감안하면 전연 불가능한 일도 아니지 않을까요?"

"그렇지 않습니다. 왜냐하면 개성공단에서 일하는 북한 인력은 북한 당국이 완벽하게 장악하여 통제 관리하고 있지만, 북한 인력이 만약에 필리핀이나 베트남 인력처럼 자유롭게 한국에 들어올 수 있다면 북한에서 굶주리는 주민들이 그것을 기화로 남한에 일시에 대량으로 밀고 내려와도 손을 쓸 수 없게 될 것입니다.

게다가 북한 인력이 계속 남한으로 밀려들게 된다면 김씨 왕조는 25년 전 동독처럼 정부를 운영할 인력 부족으로 어쩔 수 없이 스스로 무너지지 않을 수 없게 될 것입니다. 김씨 왕조가 그것을 용납할 리가 없습니다."

"그럼 무슨 대안이 있습니까?"

"김씨 왕조가 핵전쟁을 일으켜 자멸하는 어리석은 짓을 하기 싫다면 같은 공산 국가인 중국, 베트남, 캄보디아, 라오스, 미얀마, 몽골,

쿠바처럼 개혁 개방을 택하여, 지금의 비능률적인 공산주의적 중앙 경제 통제 방식을 자유 시장 체제로 바꾸는 개혁 개방의 길을 택하는 길밖에는 없습니다.

5.24 조치 해제 가능성

그러나 그것 역시 꿈도 꾸어볼 수 없는 일입니다. 왜 그러냐 하면 북한은 개혁 개방이야말로 김씨 왕조 멸망 그 자체로 알고 한사코 반대할 것이기 때문입니다.

이런 걸 생각하면 새정치연합을 위시한 야당의 주장처럼 금강산에서의 박양자 씨 피살 사건, 천안함 폭침, 연평도 포격에 대한 사과와 재발 방지 약속을 북한으로부터 받아내지 못하더라도 우선 북이 요구대로 5.24 조치부터 해제해 주는 것은 어떨까요?"

"그것은 무조건 퍼주기를 재개하자는 것과 같은 발상입니다. 그렇게 되면 김대중, 노무현 두 전직 대통령들이 실컷 퍼주고도 김정일에게 코까지 꿰일 수밖에 없었던 것처럼, 지금의 박근혜 대통령 역시 그의 아들인 김정은에게 또 코를 꿰이는 수모를 자초하게 될 것입니다.

그런 실수를 되풀이하지 않기 위해서라도 한국은 북한이 5.24 조치를 해제하지 않는다고 제아무리 무력시위를 하고 박근혜 대통령에게 입에 담지 못할 원색적인 욕설을 퍼부어도, 국제 기준에 맞는 신뢰를 보여줄 때까지 유비무환(有備無患)의 자세로 끈질기게 기다려 주는 인내심을 발휘해야 할 것입니다.

우리가 초전박살(初戰撲殺)의 자세로 북쪽의 무력 도발을 추호도 용납하지 않는 한 북한의 김씨 왕조는 죽지 않고 살아남기 위해서라도 스스로 어떤 형태로든 변하지 않을 수밖에 없을 것입니다."

"탈북자들의 말에 따르면 북한에서는 인민들을 위해 김씨 왕조가 있는 것이 아니라 김씨 왕조를 위해서 북한 인민들이 노예처럼 혹사당하지 않을 수 없도록 노동당 규약과 북한 헌법이 만들어져 있습니다.

그래서 요즘은 몽골, 쿠바, 미얀마까지도 자국민들의 생활 개선을 위해서 개혁 개방을 서두르고 있는데도 김씨 왕조만은 개혁 개방엔 우이독경(牛耳讀經)이요 마이동풍(馬耳東風)이 될 수밖에 없습니다.

지금처럼 버티어 나가기만 해도 주민들이 봉기하고 북한군이 이에 동조하지 않는 한 김씨 왕조는 어느 정도 살아남을 수 있기 때문입니다.

그러나 북한 인민이 김씨 왕조에 반기를 들고 봉기하고 북한 군대가 이에 가담한다면 25년 전 동유럽 공산국들에서처럼 북한의 현 체제는 간단히 무너지고 말 것입니다.

그러나 그러한 김씨 왕조가 북한 주민들의 생활 향상을 위해서 개혁 개방을 단행할 수 있을까요? 개혁 개방이야 말로 북한 주민들을 각성하게 하여 그야말로 김씨 왕조의 존재 자체를 부정하는 과정을 촉진시킬 것입니다."

"그건 저도 인정합니다. 인류 역사상 어떠한 형태의 지배 조직도 주민의 지지를 바탕으로 하여 만들어지게 되어 있으니까요. 그래서 주민이 물이라면 지배조직은 물 위에 뜬 배와 같다고 말합니다. 그러나 물이 말라버리든가 다른 곳으로 빠져나가면 배는 절대로 물 위에 뜨지 못하게 될 것입니다."

"동감입니다. 동독이 무너진 것도 국민들의 대량 유출로 인하여 국가를 운영할 인재가 고갈되었기 때문이었습니다. 그래서 북한의 김씨 왕조는 탈북자를 막기 위해 필사적입니다. 북한 주민들은 굶어 죽지 않으려고 북한을 떠나려 하지만 김씨 왕조는 자멸당하지 않으려고 탈북자들을 막기에 혈안이 되어 있습니다.

김씨 왕조의 존망은 탈북자 막기의 성패에 달려있다고 해도 결코 지나친 말이 아니라는 것은 그 누구도 부인하지 못할 것입니다. 이를 감안할 때 우리는 실현 가능성도 보이지 않는 남북 사이의 최고 지도자 회의나 당국자 회담 따위에 매달리기보다는 북한 주민들의 탈출을 돕는 데 세심한 주의를 기울이는 것이 가장 효과적이고 현실적인 통일 정책이 될 수 있을 것입니다.

어떤 사람은 무조건 남북의 현 체제 사이의 협상에 의한 평화적 통일만을 주장하지만 그런 것은 한갓 헛된 꿈에 지나지 않는, 현실성이 없다는 것이 지난 70년 동안의 경험으로 다각적으로 충분히 입증되었습니다.

그것은 국내에서뿐만 아니라 동서독이나 남북 베트남 사이에서도 입증되었습니다. 베트남에서는 공산 베트남에 의한 무력 통일, 독일에서는 동독 주민 대량 유입으로 인한 서독의 흡수 통일로 결말이 났습니다."

"분단된 양 정권 사이의 평화적 협상에 의한 통일은 어디까지나 하나의 이상이요 꿈은 될 수 있을지언정 현실적 해결책은 될 수 없다는 것이 밝혀졌습니다. 그것은 7.4 공동성명과 6.15 남북 공동 선언과 10.4 남북 공동 선언이 증명해 주고 있습니다."

"따라서 현실적인 해결책은 평화적인 주민 탈출로 인한 흡수 통일 방식이 아니면 전쟁을 해야 하는 무력 통일 방식 외에는 있을 수 없겠군요."

"그렇습니다. 그러나 그 두 가지 방식 중에서 전쟁을 통한 무력 통일 방식은 북한이 핵을 가지고 있는 한 남북한이 다 같이 공멸을 면할 수 없으므로 실현성이 없고 평화적인 주민 이탈이나 민중 봉기로 인한 흡수 통일 방식이 가장 실현성이 높습니다."

평화적 흡수 통일

"그럼 평화적인 흡수 통일 방식은 구체적으로 어떤 방식을 말합니까?"

"이 방식은 이미 동서독이 분단되어 있을 때 서독이 구사했던 방식입니다."

"그때 서독은 어떻게 했는데요?"

"레이건 미국 대통령이 주도한 '스타워즈'라는 군비 경쟁에서 패배하여, 어쩔 수 없이 고르바초프 소련 서기장이 백기를 들지 않을 수 없게 되자, 창립 74년 만에 소련이라는 거대한 연방국이 공중 분해되고 말았습니다.

뒤이어 민주주의와 개혁 개방을 표방하고, 공산주의를 포기한 새로운 러시아가 등장하면서 동유럽 공산 위성국들도 소련의 뒤를 따라 개혁 개방의 길을 걷게 되었고, 이 틈을 타 동독에서는 대량의 주민들이 서독으로 몰려들기 시작했습니다.

이때 서독은 동독인들은 말할 것도 없고 전세계 어디서 살던 사람이라도 그가 독일인이라면 무조건 다 받아들였습니다. 이처럼 동독인들을 포함한 전세계의 독일인들이 한꺼번에 대량으로 밀려들기 시작하자, 한때 탄탄하기로 이름난 서독 경제가 크게 휘청댔지만 동족들의 유입은 절대로 막지 않았습니다.

이때 주민의 대량 탈출로 국가를 운영할 인력 부족 난을 겪게 된 동독이 마침내 붕괴되어 서독에 편입됨으로써 서독은 마침내 분단 46년 만에 동독을 지극히 평화적으로 흡수 통일하는 데 성공할 수 있었습니다. 이처럼 동족의 대량 난민이 몰려들 때 대한민국이라면 어떻게 처신했을까요?

김대중 정권의 침묵

1994년에 김일성이 사망하고 뒤이어 동유럽 공산권이 무너지고 1990년대 중반 이후 공산권이 해체되면서 그들에게서 거의 공짜로 오다시피 하던 식량 원조가 끊어지자 북한에서는 이른바 '고난의 행군'이 시작되었습니다.

이때 굶주림을 견딜 수 없어서 결사적으로 탈출을 감행한 북한 주민들에 대하여 한국 정부는 실제로 어떤 태도를 취했는지 아십니까?"

"잘 모르겠는데요. 1990년대 중반 이후면 어느 대통령이 집권했을 때입니까?"

"민주당의 김대중 대통령이 집권했을 때입니다. 그 당시 굶어 죽지 않으려고 북한 주민들 수만 명이 일시에 두만강을 건너 중국의 지린성(길림성) 옌지(연길) 지방으로 몰려든 일이 있었습니다.

이때 아무 준비도 없던 중국 정부도 심히 당황하여 이들의 처리를 놓고 고민을 거듭하다가 김대중 대통령에게 이들 기아에 허덕이는, 중국에 임시 수용된, 수만 명의 탈북 주민들을 받아들일 용의가 있는지 문의한 일이 있었습니다.

그러나 몇 개월이 지나도록 서울로부터는 가타부타 회답이 없자 중국 정부는 한국이 그들 난민들을 받아들일 의사가 없는 것으로 단정하고 결국 북한의 요구대로 그들을 전부 다 북송해 버리고 말았습니다. 그러자 이들을 인수한 북한 군인들은 탈북자들에게 사람으로서 짐승에게도 하지 않는 잔혹한 짓을 했습니다."

"그게 뭔데요?"

"북한 군인들은 동족인 탈북자들의 코와 손바닥을 철사로 꿰어 굴비처럼 엮어서 북한으로 끌고 가는 모습이 외신에 보도되기도 했습니다."

"그때 만약 대한민국이 서독처럼 그들 탈북 난민들을 무조건 다 받아들였다면 어떻게 되었을까요?"

"아마도 동독에서처럼 서독으로의 대량의 난민 탈출로 이어졌을 것이며 김씨 왕조는 인재 부족난으로 그때 이미 동독처럼 무너지고 말았을 것입니다. 그렇게 되었다면 17년 전에 이미 북한은 한국에 평화적으로 흡수 통일되었을 것입니다."

"그럼 그때 김대중 정부가 중국의 요청에 대하여 수개월 동안이나 묵묵부답했던 이유가 도대체 무엇이었을까요?"

"조갑제 지음 '김대중의 정체'라는 책을 읽어보면 김대중은 일본 망명 시절에 김일성으로부터 두 곳을 통하여 자금 지원을 받았다는 황장엽 전 북한 로동당 비서의 이야기를 싣고 있습니다. 김일성으로부터 자금 지원을 받은 데 대한 보답으로 김대중 전 대통령은 북한에 불리한 일은 하지 않으려고 했을지도 모릅니다.

더구나 그 당시 그는 세계 평화에 이바지한 공로가 있는 사람이 받은 노벨 평화상 수상이 논의될 때여서 북한의 심기를 건드림으로써 뜻하지 않는 분란을 야기하고 싶지 않았을 가능성도 있습니다."

"그러나 그것은 어디까지나 한 사람 개인의 입장에서의 은혜 갚음은 될 수 있을지언정 일단 한 나라의 대통령이 된 그는 개인의 보은 행위보다는 국가와 민족의 장래와 안위와 이익을 최우선 순위로 삼았어야 하지 않았을까요?

개인의 보은을 위하여 남북 통일의 진정한 돌파구가 될 수도 있었을, 하늘이 준 이 천재일우의 기회를 놓쳐버리다니 말이 됩니까?"

"물론 한국인이라면 삼척동자가 들어도 분통이 터질 일입니다. 불과 17년 전에 있었던 일로 벌써 이러한 냉혹한 역사의 심판을 받게 된 것을 감안하면 한 나라의 대통령은 아무나 할 수 있는 일이 아니라는 것을 알 수 있습니다. 대통령 직무를 수행하는 사람은 누구를 막론하고 바로 이 역사의 날카롭고도 냉정한 눈을 항상 주시해야 할 것입니다.

이야기가 곁가지로 흐르게 되었는데 다시 본 줄거리로 돌아가면 그 후에도 탈북자들은 연 평균 2500명 수준으로 북한을 떠나 한국에 들어왔고, 2013년 김정은의 고모부 장성택 처형 이후에는 장성택이 거느렸던 고위급 인력들의 탈북이 현저히 늘어나고 있습니다.

그리고 김정은의 필사적인 탈북자 단속으로 탈북 인원수는 연 평균 2500명에서 최근에는 1500명 수준으로 줄어들었습니다만 한국 정부의 태도 여하에 따라, 통일의 보물단지가 될 수도 있는, 탈북자 수는 얼마든지 늘어날 가능성이 있습니다."

"그게 무슨 말씀이십니까?"

한국 대외 공관의 태도

"지금까지의 탈북자들에 대한 한국 정부 대외 공관의 태도를 관찰해 보면 유감스럽게도 우리 정부가 그들에 대해 지나치게 불친절하고 비애국적이며 말할 수 없이 소극적이고 심지어 반민족적인 측면이 없지 않았습니다.

실례를 들면 북한에 억류되어 탄광에서 강제 노동을 해야 했던 국군포로가 60년 만에 80이 넘은 늙은 나이에 구사일생으로 북한을 탈출하여 중국 주재 한국 공관에 전화를 걸어 구조 요청하면 공관 직원이 반겨주기는커녕 '도대체 공관 전화번호는 어떻게 알아냈느냐'고 핀잔을 주는 등 노골적으로 배척을 해 왔습니다.

국군포로에 대한 대접이 이 정도라면 순수한 북한 원주민 탈북자가 도움을 요청해 왔을 때는 어떤 대접을 받았을지 보지 않아도 비디오입니다.

물론 애국심과 동포애를 가진 공관 직원들도 간혹 있겠지만 대부분의 공관 직원들이 탈북자들에 대하여 무관심하고 불친절하고 비애국적이고 비민족적이었던 것은 사실이었던 것이 틀림 없습니다."

"그건 대한민국 공무원으로서 명백한 근무태만이요 직무유기가 아닙니까?"

"국가의 녹을 먹는 공무원으로서 틀림없는 근무태만이요 직무유기고 중죄로 처벌받아야 할 비애국적인 처사입니다. 그러나 아직 그런 일로 공관 직원이 형사 처벌받았다는 말을 들어본 일은 없습니다.

관계 당국은 북한과 국경이 맞닿아 있는 중국과 러시아에 근무하는 일선 공관 직원으로, 지금 대한민국 국민이 되어 한국에 정착해 있는 근 3만 명의 탈북자들 중에서 지원자를 공모하여, 배치하는 것이 좋겠습니다.

그들은 자신들이 탈북자로서 직접 체험한 쓰라린 과거가 있기 때문에 후배들을 절대로 불친절하거나 소홀하게 대하는 크나 큰 실책은 저지르지 않을 것입니다.

지난 70년 동안 우리는 북한의 실질적인 주인인 북한 주민들에 대해서는 너무나도 소홀하게 대하여 온 대신에 그들을 가혹하게 탄압하는 김씨 왕조에게만 지나치게 무한정 아부해 온 것이 사실입니다.

그러나 지금은 인터넷과 휴대전화의 보급으로 세계 정세와 남북한 정세는 말할 것도 없고 남한의 영화, 드라마, 노래, 춤 등 세계적인 한류 열풍에 익숙해져 있는 북한 주민들에게 깊은 관심을 기울여야 할 때입니다.

북한 주민들이 지금은 비록 인권 사각 지대에서 김씨 왕조의 노예로 비참한 감옥살이를 하고 있지만 때가 되면 성난 호랑이 떼처럼 들고 일어나 무서운 폭도로 돌변할 수도 있습니다. 그들은 북한 땅의 실질적인 주인이요 터줏대감이라는 것을 늘 잊지 말아야 할 것입니다.

지금껏 우리 정부는 오로지 북한의 지배 체제에만 거의 100%의 관심을 기울여 왔지만, 지금부터라도 북한의 실질적인 주인인 주민들에게 특별히 신경을 써야 할 것입니다.

그래야 지금의 김씨 왕조가 무너지더라도 북한 주민들로부터 '당신들은 우리가 김씨 왕조에게 노예처럼 혹사를 당하다가 굶어 죽어갈 때, 같은 동포로서 우리에게 무엇을 해주었느냐'는 질문에 대답할 최소한의 변명 거리라도 건지게 될 것입니다.

지금까지 역대 정부들은 김씨 왕조의 눈치만 살피느라고 전전긍긍했지 북한 주민들과 탈북자들에게는 지나치게 무관심해 왔던 것이 사실입니다.

그 한 실례로 북한인권법이 있습니다. 1950년 6월 25일, 김일성이 소련과 중공을 등에 업고 남침을 자행했을 때 한국을 침몰의 위기에서 구해준 유엔 회원국들 대다수가 지금은 김정은을 단죄하고 북한 주민을 구하는 일에 발 벗고 나섰습니다.

온 세계의 양심들이 북한 동포 구출을 위하여 똘똘 뭉쳤는데 한국의 가짜 진보 세력은 우물 안 개구리가 되어 김정은과 싸우는 의로운 사람들을 보고 파쇼나 히틀러라고 악담을 퍼부으면서 북한인권법 제정에 적극 반대하고 있습니다.

그런데도 정부와 여당은 국회선진화법에 묶여 북한 주민 구호를 위한 어떠한 실질적인 조치도 취하지 못하고 망설이고 있습니다. 이렇게 어느덧 10년이라는 세월이 흘러갔습니다.

그러나 북한 주민들은 동독의 경우를 보더라도 남북통일의 선도자요 제일의 공로자가 될 수 있다는 것을 거듭 명심해야 할 것입니다.

중국과 러시아에 배치된 우리의 외교 공관 공무원들이 두만강과 압록강을 구사일생으로 넘어 와서 한국 공관에 도움을 요청해 오는 탈북자들을 극진하게 대우하면 그 소식이 고스란히 북한에 남아서 신음하는 그들의 혈육들에게 전달될 것입니다.

그러면 북한 주민들은 대한민국을 그들의 진정한 조국으로 여기고 의지하게 될 것입니다. 물 위에 떠 있는 배는 언제 가라앉을지 아무도 모르지만 물은 말라버리지 않는 한 그대로 남아있습니다. 북한 주민은 바로 이 물과 같은 존재입니다.

이 물이 탈북자들을 통해 남한의 물과 합쳐지도록 해야 합니다. 탈북자들을 선도자로 삼아 우리 정부와 국민이 갖은 노력을 다 기울일 때 통일의 돌파구는 기필코 열리게 될 것입니다.

그리고 탈북자들이 일단 남한 땅에 떨어져 일정한 교육을 받고 대한민국 국민이 된 뒤에는 남한의 기존 주민보다 조금도 차별 없는 대우를 받아야 합니다. 그런데 사실은 그렇지 않고 갖가지 차별과 멸시를 당하고 있는 것이 사실입니다."

"티브이 종편에 나온 탈북 인사들의 말을 들어보면 북한의 도발이 있을 때마다 마치 탈북자들이 김정일이나 김정은의 심복이라도 되는 듯이 노골적으로 미워하는가 하면 거칫하면 분풀이 대상으로 삼은 경우가 허다하다고 하는데 그게 사실일까요?"

"사실입니다."

"그걸 어떻게 그렇게 단정적으로 말할 수 있습니까?"

분풀이 대상 된 탈북자

"내가 이미 62년 전에 직접 겪어봤으니까 잘 압니다. 이승만 대통령의 명령으로 1953년 6월 18일 휴전 직전에 있었던 반공포로 석방 때 포로수용소에서 나온 나는 요즘 탈북자들의 대선배입니다.

그때 나는 남한 땅에는 서 발 막대기 마음 놓고 휘둘러 보아야 거칠 것 하나 없는 혈혈단신이어서 먹고 살기 위해서라도 군에 입대할 수밖에 없었습니다.

어찌 어찌하다 보니 간부후보생 교육을 받고 포병 소위로 임관되어 최일선 포병 대대에 배치되었습니다. 그런데 나는 현지 부대에 배치되어 부하를 거느린 정상적인 장교로 일해 볼 수 있는 기회조차 부여받지 못하고 처음부터 피교육 장교로 매번 차출이 되었습니다."

"피교육 장교라면 사병들을 가르치는 교관을 말하는가요?"

"사병을 가르치는 교관이 아니라, 교육을 받을 대상으로 각 대대에 할당되어 차출되는 장교를 말합니다. 대대장에게 신임을 못 받는 끗발 없고 별 볼일 없는 장교로서, 요직에 임명된 장교가 당연히 받아야 할 교육을 도맡아 그들 대신 차출되어 교육을 받는 장교를 말합니다.

실례를 들면 대대 수송부에 보직된 장교가 받아야 할 자동차 장교 교육과정이나 포병 대대의 측지 장교가 받아야 할 측지 장교 코스에 그들 대신 차출되어 교육을 받기도 하고 요직에 임명된 지휘관이나 참모들이 받아야 할 초등 군사반 교육을 대신 받기도 합니다.

그렇다고 해서 자동차 장교나 측지 장교 과정을 교육받고 귀대하여 자동차 장교나 측지 장교로 임명되는가 하면 그런 것은 전연 아니고 또 다시 대기 상태로 있다가 다음에 또 피교육 장교로 차출되곤 합니다. 한번 차출되면 광주 상무대에 가서 몇 개월씩 받아야 하는 각 분야의 전문 교육에 계속 차출되었던 것입니다.

하도 교육에만 차출되어 상무대 출입이 잦으니까 나는 그곳 교관들 사이에서도 부대에서 소외당한 무능한 장교로 낙인이 찍혔습니다. 나만 그런 것이 아니라 전국에서 그렇게 차출되어 오는 장교들이 제법 한 무리를 형성했습니다.

교관들은 교육을 잘못 시켜서 같은 장교들이 자꾸만 차출되어 온다고 상부의 질책을 받게 되자 피교육 장교들에게 그 화풀이로 기압을 주는 경향이 있었습니다. 일종의 교육 비리 현상이었습니다.

이처럼 남들이 받아야 할 교육을 대신 받느라고 눈 깜짝할 사이에 6년이라는 세월이 흘러갔습니다. 처음부터 장교로서 정당하게 정상적인 보직을 받아 실력을 발휘해 볼 기회조차 부여되지 못한 채 변두리로만 빙빙 겉돌다가 결국은 6년 만에 다른 사단으로 전출 명령을 받았습니다.

대대를 떠나는 날이었습니다. 이때를 기다리고 있었다는 듯이 같은 부대에 근무하고 있던 나의 포병 간부후보 동기생 장교 한 사람이 나에게 은밀히 귀띔하여 주었습니다.

　내가 이 포병 대대에 부임될 때부터 인사권을 갖고 있던 대대 부관이 육이오 때 남한 토착 공산당인 남로당원에게 학살당한 자기 형에 대한 분풀이 대상으로 나를 지목하고 계획적으로 피교육 장교로 차출함으로써 나를 괴롭혀 왔다는 것이었습니다."

　"그럼 그때 선생님은 그 대대 부관을 그냥 가만히 놔두셨습니까?"

　"공산당이 싫어서 대한민국을 선택한 내가 이런 어처구니없는 일을 당했으니 분통이 하늘을 찌르고도 남았지만 이미 전출 명령을 받은 뒤였으니 기존 대대장이나 포단장에게 탄원서를 내 보았자 무슨 소용이 있겠습니까? 그냥 참아 넘기는 수밖에…….

　그리고 그 후 곰곰이 생각해 보니 그런 식의 나에 대한 엉뚱한 보복 행위는 대대 부관 혼자서만 할 수 있는 일이 아니고 대대장의 승인 없이는 불가능하다는 것을 알아냈습니다."

　"결국은 대대장과 부관이 자행한 짜고 치는 고스톱이었군요."

　"그렇습니다."

　"그 대대장이 살아 있다면 지금 몇 살이나 되었을까요?"

　"아마 얼마 전에 상처 당한 김종필 전 국무총리 연배는 되었을 겁니다. 육사 8기생인 김종필 전 총리는 지금 90세인데, 마음이 그런 식으로 삐딱한 사람 치고 그렇게 장수하기는 어려울 것입니다.

　나는 그분보다 여섯 살이나 연하인데도 내 동년배로서 지금까지 살아 남아있는 사람이 거의 없는 것을 보아도 이유 없이 나를 해코지 한 그가 90세 가까이 된 지금까지 살아있다고 보기는 어려울 것입니다.

어처구니없는 편견과 오해로 이유 없이 남을 미워하고 박대한 사람 쳐놓고 마음이 바른 사람은 찾아보기 어렵습니다. 자업자득이라고 할까요? 그 비뚤어진 마음 자체가 병의 원인이 되어 심근경색, 고혈압, 뇌졸중, 당뇨, 각종 암 같은 난치병이 되어 단명(短命)을 몰고 오기 때문입니다."

"그렇게 다른 사단으로 이동을 한 뒤에는 어떻게 되었습니까?"

"피교육 장교 생활로 6년을 보낸 후 다른 사단으로 이동을 한 뒤로도 차별 대우가 없어진 것은 아닙니다. 왜냐하면 장교로 임명된 후 내내 피교육 장교였다는 기록은 신상기록 카드에 계속 따라다녔기 때문이었습니다.

그래서 그런지 나는 피교육 장교 다음으로 누구나 기피하는 관측 장교 아니면 연락 장교를 전담했습니다."

"관측 장교와 연락 장교는 무슨 일을 합니까?"

"관측 장교는 전시에 최전방 OP(관측소)에서 적의 움직임을 관측하여 후방 포대의 사격지휘소에 사격 임무를 송신하는 일을 수행합니다.

항상 적에게 노출되기 쉬우므로 늘 최일선 보병 소대장만큼 전시에는 포병에서 소모율이 가장 높은 위험한 직책입니다. 그 다음이 연락 장교입니다.

연락 장교는 포병 대대에서 보병 연대에 파견되어 보병과 포병 사이에 사격 지원 업무가 원활하게 진행되도록 중재 역할을 수행하는 직책입니다.

바로 이 연락 장교로 근무할 때였습니다. 피지원 연대 내의 내 숙소에는 하루에 한두 번씩 몇 해 동안 꼭꼭 나를 찾아오는 나와 비슷한 연배의 하사가 한 사람 있었습니다. 하도 자주 만나다 보니 나와 친해져서 그는 나를 믿게 되었는지 그가 나에게 찾아오는 이유를 솔직히 털어놓았습니다.

그는 자기가 연대 내의 요 감시자의 동향을 살피라는 임무를 띄고 상부기관에서 파견되어 나왔다는 것이었습니다. 내가 혹시라도 정신 착란이라도 일으켜 북한으로 넘어가지 않을까 하여 그 동향을 살피려 온다는 것이었습니다.

그의 얘기를 듣고 나서야 나는 관측 장교로서 누구나 L - 19정찰기를 타고 수행하는 관측 훈련에 나만은 늘 빠져 온 이유를 알게 되었습니다.

"의인물용(疑人勿用), 용인물의(用人勿疑)라는 격언(格言)이 있습니다. '미덥지 않으면서 처음부터 쓰지를 말아라. 그러나 일단 채용했으면 끝까지 믿으라'는 뜻입니다.

이병철 삼성그룹 창업자는 그의 저서 호암자전(湖巖自傳)에서 말했습니다.

'의심이 가거든 사람을 고용하지 말라. 의심하면서 사람을 부리면 그 사람의 장점을 살릴 수 없다. 그리고 고용된 사람도 결코 제 역량을 발휘할 수 없을 것이다. 사람을 채용할 때는 신중을 기하라. 그리고 일단 채용했으면 대담하게 일을 맡겨라.'

삼성상회의 출발과 함께 터득하고 실천했던 이 사람을 쓰는 원칙은, 그 후 일관하여 나의 경영철학(經營哲學)의 굵은 기둥의 하나가 되었다'고 …….

육사 출신은 2, 3년만 근무해도 중위를 거쳐 대위로 모조리 진급이 되건만 간부후보생 출신들은 10년을 근무해도 중위 이상은 진급이 되지 않았습니다. 이것을 보고 그때는 '인사 혹'이라고 말했습니다.

나에게 군대 생활은 너무나도 장애가 많다는 것을 알게 되었습니다. 그때 마침 북한에서 내가 초등학교 반장이었을 때 담임선생님이었던 분을 만나게 되었습니다. 일본 게이오대학[慶應義塾大學] 경제학부 출신인 그분은 6.25전에 월남하여 대학 교수가 되었는데 그분이 쓴 글을 신문에서 보고 알게 되어 찾아가 만났습니다.

그는 나를 보자 자기를 믿고 무조건 제대를 하라고 했습니다. 비로소 나도 남한 땅에 비벼댈 수 있는 언덕을 찾았구나 하고 지체 없이 제대 신청을 냈습니다. 장교 생활 말년에야 나는 포로 생활 할 때 '삼위일체 영어' 참고서를 독학하면서 수용소를 관리하는 미군들에게 얻어들은 현지 영어 덕을 보게 되었습니다.

미군과의 합동 훈련 때에 나의 영어 번역 실력을 주변에서 인정받게 되었습니다. 이를 계기로 원대 복귀하면서 대대장에 의해 일약 나는 대대 부관으로 발탁이 됨으로써 부대의 핵심 요원이 되었습니다.

대대장은 내가 전역 신청한 것을 알고 취소할 것을 여러 차례 권했지만 이미 한번 먹은 마음을 바꾸지 않고 대한민국에서의 군대 생활 10년을 마치고 1963년에 군복을 벗었습니다.

노제 지내는 국군 포로 자녀들

요즘 보도에 따르면 국군에 입대하여 공산군과 싸우다 포로가 되어 북한에 억류되어 탄광에서 중노동을 하다가 부상을 당하거나 병사한 국군포로 자녀 중 97명의 탈북자들이, 자기네 동료 한 명이 국가유공자 자손으로서의 정당한 대우를 거부한 당국의 처사에 항의하다가 자살한 것을 추념하여 국방부 청사 앞에서 노제(路祭)를 지냈다고 합니다.

조금만 더 탈북자들에게 성의 있는 자세를 당국이 보였더라면 얼마든지 사전에 방지할 수 있었을 일이라고 생각합니다. 정부 당국은 말할 것도 없고 온 국민들이 똘똘 뭉쳐서 서독 국민들처럼 탈북자들을 진정으로 환영하고 같은 동포요 형제로서 추호도 차별하지 않고 마음을 활짝 열어 껴안을 때 진정한 평화 통일은 눈앞에 현실로 다가올 것입니다.

탈북자 문제를 다루는 정부 당국자들은 말할 것도 없고 관련 민간단체들도 지금의 3만 명 탈북자가 10만, 100만, 1000만으로 늘어날 때 통일은 그만큼 빨리 다가온다는 것을 재삼 명심해야 할 것입니다.

탈북자 여러분들은 몰지각한 일부 국민들과 이웃들의 어처구니없는 냉대 또는 환대 따위에 일희일비(一喜一悲)하지 말고 그들의 홀대를 오히려 도약의 계기로 삼아 어떻게 하든지 실력과 능력을 키워 각 분야에서 그들을 압도할 수 있도록 최선을 다해야 할 것입니다.

1.4후퇴 때 흥남 부두에서 넘어온 수십만의 탈북자들이 그때는 겨우 먹고 살기 위한 국제시장 장사치들이었건만 지금은 어엿한 기업인으로 성장하여 그 후손들이 남한 사회에 큰 기여를 하고 있다는 사실을 깊이 명심해야 할 것입니다.

그렇게 하는 것만이 탈북자들에 대한 그 터무니없는 적대심을 진정한 존경심으로 바꿀 수 있다는 것을 알아야 할 것입니다."

김씨 왕조의 수수께끼

"그건 그렇고요. 광복 직전에 북한은 한반도 전체 전력의 92%, 유연탄 생산의 87%, 금속 산업의 90%, 화학 산업의 82%를 차지하고 있었습니다. 일제가 대륙 침략을 위한 병참기지로 대규모 산업단지들을 북한 땅 곳곳에 건설한 것입니다.

피동적이긴 하지만 이러한 영향으로 북한 주민은 남한 주민들보다 생활 조건이 향상되어 키도 크고 문화 수준도 높았습니다. 근대화를 위해서라면 북한은 남한보다 훨씬 유리한 위치에 있었습니다.

그런데 지난 70년 동안에 이것이 역전되어 북한 주민은 지금 평균 신장이 남한 주민보다 15cm 정도 줄어들어 북한 병사의 평균 키가 남한의 중학생 키만 하다는 것은 텔레비전을 보면 누구나 다 알 수 있습니다.

비록 핵과 미사일을 가지고 있다고 자랑하지만 북한은 세계에서 가장 빈곤한 나라로 추락되어 경제 규모가 한국의 40분의 1밖에 안되어, 인천광역시 경제 규모에 지나지 않습니다.

더구나 해방 당시 그들의 상전의 나라로서 북한의 본보기였던 소련은 물론이고, 육이오 때 다 죽어가는 김일성 일당을 살려 준 혈맹이라는 중국까지도 그 고질적인 비능률성 때문에 공산주의 경제 이념을 집어 던져버리고 인민들의 생활 향상을 위하여 시장 경제를 채용했습니다.

그러나 오직 북한만은 아직도 독야청청 공산주의 경제를 고수하는 바람에 주민의 식량 문제도 하나 해결 못 하는 세계에서 가장 가난한 나라로 추락되었습니다.

게다가 굶어 죽지 않으려는 북한 주민의 탈북자 대열이 지금도 지속되고 있습니다. 탈북자로서 한국에 정착했다가 고인이 된 황장엽전 북한 노동장 비서에 따르면 1990년대 중반기에 북한 주민 3백만 명이 굶어 죽었는데도 아무도 책임지는 사람이 없습니다.

군주시대의 왕들도 가뭄이 계속되어 백성들이 굶주릴 때는 하늘이 임금의 실정(失政)을 꾸짖는 경고로 간주하고 스스로 며칠씩 단식을 하거나 반찬 가지수를 줄였거늘, 탈북자들에 따르면, 오로지 김씨 왕조 즉 백두 혈통들과 그 충신들만을 위한 평균 30만평에 달하는 초호화 위락 시설인 특각(特閣)이 북한 전역에 30개나 운영되고 있습니다.

외국에서 최고급 자재와 즙기와 설비와 식자재들을 구입하고 있고, 이 특각 하나를 운영하는 데 일개 연대 병력에 상당하는 인원들이 상주합니다.

이들 30개 특각들 중에서 어떤 곳에는 김일성, 김정일, 김정은 중 어느 누구도 아직 단 한번도 방문한 일이 없는 곳도 있다고 합니다. 어떻게 세계 최빈국에서 이런 일이 가능한지 이해를 할 수 없습니다."

"김씨 왕조라고 하지만 사실상 북한의 통치제도는 군주시대의 왕조보다도 훨씬 더 무자비하고도 사악합니다.

예전의 왕조시대의 왕들은 백성들을 잘못 다스리면 신하들이 단합하여 왕을 갈아치울 수 있는 대의명분이 있었지만 김씨 왕조는 처음부터 그것이 불가능하게 노동당 당규와 헌법에 못 박아 놓았습니다.

왕조시대에도 임금은 백성을 위해서 존재했지만 김씨 왕조의 왕들은 인민들을 위해서 존재하는 것이 아니라 처음부터 백두 혈통 즉 김일성 직계 족속들만을 위해서 인민들을 노예 이상으로 가혹하게 부려먹도록 만들어 놓았습니다.

그렇기 때문에 그들이 제아무리 사치를 부리고, 30개의 특각이 운영되고, 북한 전역에 김일성, 김정일의 동상이 수천 수만 개가 만들어져 유지 관리되고, 김일성, 김정일의 시신 처리를 위해 북한 주민 전체가 6년 동안 먹을 수 있는 식량을 구입할 수 있는, 연간 6억 달러의 외화를 쓰고 있어도 아무도 이를 견제할 수 없게 되어 있습니다.

그리고 김일성을 120세까지(실제로 그는 1912년생이고 1994년에 사망했으므로 82세를 살았다) 장수하게 할 목적으로 만든 장수연구소에서는 참새 3백만 마리의 깃털로 특수한 이불까지 만들어도 그 누구도 간섭하거나 제재할 방법이 없습니다.

북한의 김씨 왕조는 적어도 자기 영토 안에서는 그 백두 혈통들이 무슨 짓을 해도 죽음을 각오하지 않는 한 입도 뻥긋할 수 없는, 그 누구도 제재할 수 있는 장치가 전연 없는 상태입니다.

중국의 등소평이 검은 고양이든 흰 고양이든 쥐를 많이 잡는 것이 제일이라고 말한 실용주의도 김씨 왕조에게는 아무런 의미가 없습니다.

등소평은 인민을 위해서 실용주의를 선택했지만 김씨 왕조에게는 인민을 유익하게 하는 실용주의 따위는 아무 의미가 없습니다. 그들에게 오로지 의미가 있는 것은 어떻게 하면 그들의 왕조 체제를 계속 연장할 수 있느냐 하는 겁니다."

"그러한 김씨 왕조가 좋다고 하여 어떻게 하든지 대한민국 영토 안에도 그러한 왕조를 도입해야 한다고 주장하는 종북 좌파가 국내외에서 엄연히 암약하고 있습니다.

9월 4일 세종문화회관의 민화협 행사에 참석한 마크 리퍼트 미국 대사에게 칼부림을 하여, 얼굴에 80바늘의 부상을 입힌 김기종 류의 종북 극좌파, 그리고 이석기의 RO, 이정희, 심재환, 황 선, 윤기진, 신은미, 전태일, 노길남 그리고 이들을 극진히 감싸 안아주고 보호하고 길러준 숙주 역할을 한 야당 국회의원들은 도대체 어떻게 된 사람들입니까?"

"그들 역시 김씨 왕조처럼 정상적인 두뇌로는 헤아릴 수 없는 변종이요 수수께끼인 것만은 틀림없습니다."

종북 테러가 통일촉진제 될까?

2015년 3월 9일

우창석 씨가 말했다.

"선생님, 40년 동안 미국 CIA에서 근무했다는 한 인사는 3월 7일 티브이 조선의 장성민의 시사탱크라는 프로에 출연하여 최근에 일어난 김기종에 의한 리퍼트 미 대사에 대한 테러가 방금 미국 의회에서 추진 중인 HRO 757법안 통과를 촉진시켜 북한의 붕괴를 가속화할 수 있다고 말했는데 그런 일이 가능할까요?"

"HRO 757법안이란 처음 듣는데 도대체 어떤 법안입니까?"

"유엔은 지금까지 북한의 핵 개발을 중단시키기 위해서 6개에 달하는 제재 법안을 통과시켰고 이것을 실제로 적용시켜 보았지만 사실상 모두 다 실패하고 말았습니다. 가장 큰 이유는 중국의 비협조 때문이었습니다.

여기에 자극을 받은 미국은 단독으로라도 북한의 핵개발을 응징하기 위해서 직접 전면에 나서는 방법을 강구해 보기로 했습니다. 그것이 이른바 HRO 757법안의 발효입니다.

이 법안의 요지는 유엔의 제재를 무시하고 핵을 위시한 대량 살상 무기를 제조하는 북한과 교역하는 어느 나라의 기업체에 대해서든지 미국은 교역을 일체 중단한다는 것입니다. 이 법안이 실제적으로 목표로 하는 나라는 중국입니다.

중국이 지금 제아무리 경제적으로 잘 나가는 나라라고 하지만 뉴욕의 맨하튼 월 스트리트를 통과하지 않고는 경제적으로 버티어나갈 재주가 없다는 것입니다."

"그 말을 들어보니 아직 지구촌에는 초강대국 미국을 상대할 나라가 없다는 것을 실감케 합니다.

지금 북한이 미국 본토를 불바다로 만든다고 제법 기염을 토하고 있지만 관계 전문가들에 따르면 북한의 실력으로는 아직 하와이를 넘어 도달할 수 있는 장거리 미사일을 개발하지 못하고 있습니다.

또 실제로 북한이 미국 본토를 핵무기로 때릴 수 있다고 쳐도 북한의 핵탄두가 미국을 향하여 발사되는 바로 그 순간에 전 세계 기지에 배치된 미군은 이를 2중 3중으로 요격할 수 있을 뿐만 아니라 북한 전체를 한 순간에 초토화시킬 수 있는 엄청난 보복력(報復力)을 가지고 있습니다.

그러나 북한을 초토화시키는 것은 상책이 아닙니다. 그렇게 되기 전에 먼저 김정은 체제를 완전히 재기 불능 상태로 만들기 위하여 북한을 돕고 있는 중국을 응징하겠다는 미국의 이 제재 법안이야말로 북핵 문제를 해결할 수 있는 가장 평화적이고 현실적인 첩경이라고 봅니다.

그것이 사실이라면 8천만 한 겨레가 70년 동안 그렇게도 오매불망 그리던 통일이 코 앞에 다가온 것을 실감하게 될 것입니다. 일이 실제로 어떻게 되어 나가나 좀 더 지켜보도록 합시다. 어쩌면 전화위복(轉禍爲福)이란 이런 경우를 두고 말하는 것인지도 모릅니다."

"그러나 중국의 북한 원조가 불가능해진다고 해도 러시아가 그대신 북한을 원조하는 일은 없을까요?"

"중국보다 경제력이 취약한 러시아 역시 미국의 직접 제제를 견디기는 더욱 더 어려울 것입니다. 지구상에서 아직은 유일한 초강대국 미국을 당할 나라가 없는 것은 아무도 부인할 수 없는 것이 현실입니다."

"그럼 실제로 그 법안 적용으로 북한에 대한 중국의 지원이 완전히 끊어져 김정은 독재가 붕괴된다면 그 다음에는 실제로 북한은 어떻게 될까요?"

"지금 중국을 빼놓고는 지구촌 전체가 북한이 한국에 의해 흡수 통일될 것을 바라는 것이 공인된 세계의 여론입니다.

심지어 러시아까지도 북한이 한국에 의해 흡수 통일되어야 동북아는 물론이고 전 세계가 평화를 누리게 될 것이라고 공공연히 말하고 있습니다. 중국이 제아무리 G2 국가라고 해도 이러한 세계의 대세를 감히 거역하지는 못할 것입니다.

25년 전에 독일 통일에 대한 영국과 프랑스의 맹렬한 반대를 무마하고 서독에 의한 동독의 흡수 통일을 성취한 것처럼 이번에도 미국은 중국과 적절한 타결로 한국에 의한 흡수 통일을 성취시키고 말 것입니다.

이것은 미국만이 수행해야 할 숙제입니다. 왜냐하면 지금 미국과 함께 한국 분단의 책임 국가로서 소련의 후신인 러시아가 2류 국가로 뒤처져 있는 이상, 한국 분단의 당사국으로서 중국을 설득하여 한국을 통일할 수 있는 능력을 가진 나라는 세계 유일의 초강대국 미국밖에 없기 때문입니다.

25년 전에는 독일 통일에 대한 영국과 프랑스의 맹렬한 반대가 있었지만 지금은 중국의 침묵 외에는 세계 어느 나라도 감히 한국에 의한 흡수 통일을 대놓고 나서서 반대하지 않고 있습니다.

더구나 중국 고위층 내부와 중국 인민의 여론은 한국에 의한 흡수 통일을 공공연히 주장하고 있는 실정입니다. 중국은 자국의 이익을 위해서라도 한국에 의한 흡수 통일을 외면할 수만은 없게 되어 있습니다."

치매의 원인은 척신(隻神)

우창석 씨가 말했다.

"선생님, 전에는 주로 노인에게 생기는 가벼운 정신병을 치매(癡呆)라고 했는데, 요즘은 남녀노소를 막론하고 치매 환자가 자꾸만 늘어나고 있는 것 같습니다. 제 친척 중에도 중년 부인이 치매라고 하는데 정신이 멀쩡했다가도 금방 어린애 같은 이상한 말을 합니다. 이 환자 한 사람 때문에 집안 전체가 온통 난리입니다.

이런 환자를 보고 그 전에는 정신분열증 환자라고 했습니다. 정신병 전문의사들도 치매의 원인에 대해서는 명백하게 알려진 자료가 없다고 말합니다. 간질 환자에 대해서도 전문의들은 그 원인을 모르고 있습니다. 왜 전문의들이 그 원인을 모를까요?"

"전문의들은 의학이라는 일종의 과학을 공부했지, 과학 이외의 영적(靈的) 분야에 대해서는 공부를 하거나 수련을 하여 본 일이 없으니 모를 수밖에 더 있겠습니까?"

"그렇군요. 그럼 선생님께서는 치매와 간질의 원인이 어디에 있다고 보십니까?"

"환자가 원령(寃靈)에 접신된 것이 그 원인입니다."

"원령이 무엇입니까?"

"예전에는 원령을 척신(隻神)이라고도 말했는데, 그 말이 우리 정서에 더 어울립니다."

"그럼 척신은 또 무엇입니까?"

"척(隻)이란 남과 등을 지게 되었다든가 원수 사이가 된 것을 말하는데 이런 때 우리는 누구와 척을 졌다고 합니다. 그래서 무척(無隻) 좋다는 표현이 생겨났습니다. 원수진 사람이 없는 것이 좋다는 뜻입니다."

"그럼 그 척신을 선생님께서는 보실 수 있습니까?"

"있습니다."

"그럼 그 척신을 쫓아내실 수도 있겠네요?"

"그렇지 않습니다. 만약에 내가 남의 척신을 내 마음대로 쫓아낼 수 있다면 이 세상을 지탱해 나가는 인과응보(因果應報)와 자업자득(自業自得)의 질서가 당장 엉망진창이 되어 아수라장으로 변하고 말 것입니다.

따라서 척신을 내보내려면 환자 자신이 전생에 척진 사람에게 큰 잘못을 저질렀다는 것을 깨닫고 스스로 뼈저리게 반성부터 해야 합니다.

그 다음에는 자기에게 들어온 그 척신을 관찰하고 있는 동안 조만간 척신은 원한이 사라지면 스스로 나가게 되어 있습니다. 지금은 후천 세계를 앞둔 원시반본(元始返本), 보은(報恩), 해원(解冤), 상생(相生)의 시대이니까요."

"그러나 환자 자신이 하도 병이 위중하여 반성을 할 능력이 없을 경우엔 어떻게 됩니까?"

"반성할 능력을 회복할 때까지 기다리는 수밖에는 없습니다."

"어떻게 하면 그 기다리는 시간을 줄일 수 있을까요?"

"지금부터라도 남과 척을 짓는 대신 남의 이익을 내 이익보다 앞세우고 이웃에게 바르고 착한 일을 많이 하는 것입니다. 그리하여 이 세상이 상생, 해원, 보은의 분위기로 바뀌면 사람들의 의식도 서로 척을 짓는 대신에 서로 상대를 먼저 생각하는 상생의 문화로 변하게 될 것입니다.

이것이 바로 해원이고 상생입니다. 지상선경(地上仙境)이란 바로 이런 경지를 두고 말하는 것입니다."

"항간에는 접신된 원령과 척신을 천도재(薦度齋)나 굿 또는 신뢰도가 의심되는 사이비종교 교주의 초능력으로 해결하려는 경향이 있는데, 이에 대해서는 어떻게 생각하십니까?"

"대단히 위험천만한 발상입니다. 왜냐하면 모두가 기복신앙(祈福信仰) 다시 말해서 이기주의에 바탕을 둔 것이기 때문입니다. 까딱하면 감언이설에 현혹되어 전 재산을 사기당하여 단란한 가정이 풍비박산(風飛雹散)이 되거나 패가망신(敗家亡身)을 당하는 일이 부지기수(不知其數)입니다."

"그럼 어떻게 하는 것이 바른 길입니까?"

"척신과 원령이 찾아온 것은 전생에 못 갚은 빚을 갚으라는 독촉장이라고 생각하고 지금부터라도 마음을 바르게 하여 그 빚을 갚는데 총력을 기울이는 것이 옳은 길입니다.

편법과 지름길을 찾는 사람에게는 언제나 뜻밖의 함정, 덫, 올무

이외에 아무것도 기다리는 것은 없다는 것을 늘 염두에 두어야 할
것입니다.

작심하고 노력하면 안 되는 것이 없다

이처럼 바르고 착하고 지혜롭게 처신하려는 사람에게는 하늘의 도움이 늘 기다리고 있다는 것을 꼭 알아야 할 것입니다.

우리는 언제나 어떻게 마음을 먹느냐에 따라 앞날이 결정된다는 것을 잠시도 잊지 말아야 합니다. 성인(聖人)이 되려는 사람에게는 성인의 길이 열리고 학자가 되려는 사람에겐 학자 되는 길이 열립니다.

그러나 도둑이 되려는 사람에게는 도둑 되는 길이 열리고 조폭(組暴)이 되려는 사람에게는 조폭이 되는 길이 열리게 되어 있습니다. 우리가 마음을 어떻게 먹느냐에 따라 만사가 결정되도록 되어 있습니다.

이순신처럼 만고의 충신이 되려는 마음의 자세가 처음부터 확립되어 있는 사람은 끝내 만고의 충신이 되지만 이완용처럼 나라를 팔아먹을 궁리만 하는 사람은 끝내 만고의 역적인 매국노가 되도록 되어 있습니다.

어디 충신과 매국노뿐이겠습니까? 일구월심 하느님이 되고자 하는 사람은 하느님이 될 수도 있습니다."

"사람이 어떻게 하느님이 될 수 있습니까?"

"되려고 오매불망 노력하는 사람은 하느님이 될 수 있습니다. 왜 그런지 아십니까?"

"모르겠는데요."

"사람은 원래 하느님이었기 때문입니다."

"그걸 어떻게 알 수 있습니까?"

"우리 마음이 하느님에게 빌고 하느님과 하나 되기를 원하는 것은 본래 우리가 하느님이었던 때가 있었기 때문입니다. 그렇지 않으면 우리가 어떻게 감히 하느님이 되기를 바랄 수 있겠습니까? 그래서 하느님은 인간을 만들 때 하느님과 같은 마음과 모습을 본떠 만든 겁니다.

그래서 우리 인간은 하느님이 되기로 작정하고 하느님과 같이 되려고 마음을 먹고 꾸준히 노력할 때 우선 첫 단계로 하느님의 분신(分身)이 되는 겁니다.

이때부터 우리는 하느님께서 하시고자 하는 일을 실천하는 선봉대가 됩니다. 이러한 하느님의 분신이 점점 성장하면 마침내 하느님과 하나가 되도록 되어 있습니다.

대학 교수가 되려는 사람은 먼저 조교가 되고 그 다음엔 시간강사가 되었다가, 전임강사가 된 후에 조교수가 되었다가 부교수가 된 후에 정교수가 되는 것과 같은 이치입니다."

"하느님은 우리 은하계를 포함한 광대무변한 대우주 안에 오직 한 분뿐이 아닌가요?"

"그건 성경에 나오는 말이고, 이 광대무변한 대우주를 어찌 한 분의 하느님이 전부 다 다스릴 수 있겠습니까?

대우주 속에는 우리가 사는 우리 은하계 우주처럼 생긴 우주가 1

천억개 이상이라고 하는데 한 분의 하느님이 그처럼 헤아릴 수 없이 광대무변한 우주를 어떻게 혼자서 전부 다스릴 수 있겠습니까?

그 실례로 삼일신고 천궁훈(天宮訓)에는 다음과 같이 나와 있습니다.

하늘은 하느님 나라이니 그 가운데 천궁(天宮)이 있느니라. 온갖 착한 것이 층계가 되고 온갖 덕망이 문이 되었으니, 한 분의 하느님께서 계시는 곳이니라. 뭇 신령들과 여러 철인들이 모시고 있어 지극히 상서롭고 밝은 곳이니라. 오직 성통공완한 사람이라야 그 앞에 나아가 영원한 복락을 누릴 것이니라.

여기서 '한 분의 하느님께서 계시는 곳이니라'에 주목하시기 바랍니다. 원문에는 '일신(一神)이 유거(攸居)오'라고 되어 있습니다. 풀어서 말하면 '여러 하느님들 중에서 한 분의 하느님이 살고 계시는 곳이니라'라는 뜻입니다.

따라서 여기서 하느님은 직능에 따라 그 수효는 얼마든지 늘어날 수 있다는 것을 알 수 있습니다. 하느님의 세계에도 용변부동본(用變不動本)의 이치가 적용되는 것이 확실하다는 것을 알 수 있습니다."

"그럼 도대체 그러한 하느님은 어떠한 존재입니까?"

"하느님은 신(神), 성(聖), 선(仙), 불(佛), 천주(天主), 하나님 등으로 불리기도 합니다. 하느님에 대한 정의는 삼일신고(三一神誥) 신훈(神訓)에 명확하게 나와 있습니다.

하느님은 그 위에 더 없는 으뜸 자리에 계시사, 큰 덕과 큰 지혜와 큰 힘을 가지시고 하늘을 낳으시고 무수한 누리를 다스리시고 삼라만상을 만드셨으나 털끝만큼도 빠진 것이 없으며 그지없이 밝고 신령하시어 이름 지어 헤아릴 수 없느니라. 목소리로 기원하면 반드시 그 모습을 친히 드러내시지만 오로지 자성(自性)으로 그 핵심을 구하면 그대의 뇌 속에 이미 내려와 계시느니라.

지금까지 지구상에 전해오는 문서들 중에서 이것 이상으로 하느님과 인간관계를 명확하고 실감나게 정의해 놓은 것을 나는 아직 발견하지 못했습니다.

특히 마지막 구절인 '목소리로 기원하면 반드시 그 모습을 친히 드러내시지만 오로지 자성(自性)으로 그 핵심을 구하면 그대의 뇌 속에 이미 내려와 계시느니라'는 그야말로 압권(壓卷)입니다.

그 중에서도 '자성으로 그 핵심을 구하면'은 우리가 우리의 양심으로 하느님의 핵심 즉 마음의 핵심을 구하면 그것은 이미 우리의 뇌 속에 내려와 자리 잡고 있다는 애기입니다.

하느님의 마음의 핵심이 우리의 뇌 속에 들어와 있다는 것은 하느님과 우리는 벌써 마음으로는 하나가 되어 있다는 뜻입니다. 이 말을 바꾸어 말하면 우리의 마음이 하느님이 되기로 작정을 하고 꾸준히 그리고 열심히 수행을 하면 하느님 자신이 되지 않을 수 없다는 것을 생생하게 밝혀놓은 것입니다."

사드와 원교근공책(遠交近攻策)

2015년 3월 17일 화요일

우창석 씨가 말했다.

"요즘 중국이 마치 우리나라가 독립 주권국이 아니라 자기네의 속국이나 제후국이라도 되는 양 자꾸만 사드(고고도 미사일 방어 시스템)를 한국에 배치하지 말아달라고 요청함으로써 국민의 신경을 자극하고 있는데, 선생님께서는 어떻게 생각하십니까?"

"한마디로 대한민국 국민의 한 사람으로서 대단히 불쾌하고 무례하고 시건방진 태도가 아닐 수 없습니다. 박정희 시대 말엽에 미국의 카터 대통령이 주한 미군을 철수할 움직임을 보이자 안보상 적절한 대책을 세우지 않을 수 없었습니다.

미국이 언제까지나 한국 방위를 책임지지 못할 바에는 북한이 핵을 가지려고 책동하고 있는 그때에 우리가 저들보다 한발 앞서 핵을 보유함으로써 북한의 남침 적화 야욕을 사전에 꺾어야겠다고 결심하고 비밀리에 애국심에 호소하여 해외에 거주하는 한국인 핵전문가들을 초빙하는 한편 프랑스와 캐나다의 도움을 얻어 핵무기 개발에 착수하여 거의 완성 직전 단계까지 갔습니다.

그러나 불행하게도 믿는 도끼에 발등 찍힌다고 김재규 중앙정보부장의 뜻밖의 배신으로 그에게 박정희 대통령이 먼저 시해를 당하는 바람에 핵개발은 물거품이 되었습니다. 미국 CIA가 치밀한 계획 하에 이 사건에 개입했다는 설이 떠돌기도 했습니다.

미국은 혈맹국이라 하면서도 한국의 핵무기 개발을 처음부터 철저히 견제하고 있었던 것입니다. 그러나 막상 북한이 핵개발에 착수할 때 중국은 어떤 태도를 취했습니까?

미국이 한국을 견제한 것과는 대조적으로 중국은 처음에는 음으로 양으로 북한을 도와주었다는 것은 세계가 다 아는 일입니다.

막상 북한이 공개적으로 핵실험을 하고 전 세계의 들끓는 반대 여론에 부딪치면서부터 중국은 북한에 대하여 핵무기를 개발하지 말아 달라고 요구했지만 이미 원님 지나간 뒤에 나팔 불기요, 버스 지나간 뒤에 손 쳐들기였습니다.

중국은 미국이 한국의 핵개발에 대하여 신속 과감하게 사전에 저지해버린 것과는 정반대의 짓을 해놓고 북한이 3차 핵실험을 끝내고 실전에 이용할 수 있는 소형 핵탄두를 개발하는 단계에 도달하도록 방치해 왔습니다.

마침내 중국의 능력으로는 북한을 더 이상 어떻게 할 수 없게 되자, 미국이 개발한 사드라는 고고도 핵탄두 요격 미사일을 한국이 배치하지 말아 달라는 그야 말로 엉뚱하고 무례하고 뻔뻔스럽기 짝이 없는 요구를 하고 있습니다.

한국이 100년 전 조선(朝鮮)이나, 600년 전 고려(高麗)나, 1,000년 전 발해(渤海)나 신라(新羅)라고 해도 이처럼 염치없는 짓은 감히 할 생각조차 하지 못했을 것입니다."

"이런 때 우리는 어떤 태도를 취해야 합니까?"

"다행히도 우리는 중국의 태평양 진출을 극력 막으려는 초강대국 미국을 혈맹으로 갖고 있는 것을 다행으로 여기고 원교근공책(遠交近攻策)을 과감하게 그리고 강력하게 밀고 나가는 길밖에 다른 길이 없습니다.

그와 함께 우리처럼 중국의 위협을 느끼고 있는 중국 주변국들 즉 몽골, 카자흐스탄, 대만, 일본, 베트남, 태국, 필리핀, 호주, 영국, 싱가포르, 말레이시아, 캄보디아, 미얀마, 인도, 우즈베키스탄, 타지키스탄과 같은 나라들과의 우호 협조 친선 관계를 더욱 더 돈독히 해야 할 것입니다."

"그렇게 할 경우 중국은 우리에게 혹 경제적 재제를 가하려 하지는 않을까요?"

"초강대국 미국과 함께 세계를 이끌어나가는 G2라는 나라가 자기네와 전략적 우호관계까지 맺고 있을 뿐 아니라 FTA 협정까지 발효 중인 이웃 나라의 안보 문제에 그렇게까지 시시콜콜 간섭함으로써 자기네 체면을 구기는 그런 졸렬한 짓은 감히 하지 못할 것입니다.

그러나 우리는 그러한 최악의 경우까지 감수할 각오를 하면서도 우리의 안보에 관한 한 중국의 간섭을 추호라도 용납하지 말아야 할 것입니다.

우리는 사드 문제에 관한 한, 원교근공책을 구사하여 영국 및 미국과 동맹을 맺고 거대한 이웃 나라 청국과 제정 러시아를 상대로 청일전쟁과 러일전쟁을 차례로 벌여 이 두 나라를 순차적으로 굴복

시킨 동양의 신흥국이었던 100년 전 일본의 성공 실례를 벤치마킹해
야 할 것입니다."

중국, 일본, 미국의 미래

"그러나 그 당시의 청국과 제정 러시아는 비록 거대한 나라이긴 했지만 오랫동안 쌓여 온 부정부패로 다 쓰러져가는 중이었고 지금의 중국은 경제대국 미국을 맹추격 중이라는 점을 감안해야 하지 않을까요?"

"그건 지금 중국이 공산당 관리들의 부정부패로 얼마나 고통을 겪고 있는지 모르고 하는 말입니다.

최근 외신에 따르면 지난 2012년 9월 시진핑 국가주석은 갑자기 14일 동안 행방이 묘연했던 일이 있었는데, 부정부패로 낙마된 100명의 장차관급 고위관료와 체포된 30명의 장성급이 관련된, 경호실까지 가담한 쿠데타 모의로 시 주석은 6차례나 암살 위기를 모면했다고 합니다.

그리고 중국과 같이 수많은 민족이 일당 독재식 공산당의 억압을 받고 있는 다민족 국가는 앞으로 언제 어떻게 될지 아무도 모르는 활화산과도 같은 존재입니다.

더구나 중국은 언론의 자유가 보장되고 민주화되어 있는 다민족 국가인 미국과는 반대로 언론의 자유도 없고 공산주의 체제를 그대로 유지함으로써 민족 문제가 발생했을 때 폭력을 구사하는 것 외에 평화적이고 제도적인 자정(自淨)능력이 가동될 수 없는, 자유 시장

제도만을 도입하여 경제 발전만을 도모하고 있는 나라입니다.

이 때문에 돈 맛을 알기 시작한 공산당 고위관료들의 뇌물 수수가 요즘 도를 지나쳐 국가 존립이 위험한 지경에까지 이르고 있습니다. 게다가 신장 위구르 회교도 자치구와 티베트 불교도 자치구에서의 민족해방운동은 날이 갈수록 치열해지고 있습니다.

민족자결주의 추세는 1차 대전 후 미국의 윌슨 대통령이 제창한 후 2차 세계대전 이래 아무도 거역할 수 없는 세계적인 추세로 굳어 가고 있어 지금도 수많은 독립국가가 계속 탄생하고 있습니다."

"그러나 국내외의 많은 경제 전문가들은 2050년 전후에 중국이 경제적으로 미국을 추월할 것이라고 내다보고 있지 않습니까?"

"그렇지만 나는 그들의 예언을 믿지 않습니다."

"혹시 그럴 만한 이유라도 있습니까?"

"그럼요. 위에 말한 고위관료들의 부정부패와 신장 불교도 자치구와 위구르 회교 자치구 독립 운동, 홍콩, 마카오 외에도, 증산도 도전 5편 이후를 보면 증산 상제님이 바로 우리가 지금 살고 있는 100년 후의 현대를 내다보면서 1901년부터 1909년 사이에 천지공사를 한 전말이 자세히 실려 있습니다.

이것을 읽어본 사람이라면 누구나 지난 100년 동안 그가 시행한 천지공사의 내용 그대로, 세계는 신통하게도 단 한치의 오차도 없이, 지금도 굴러가고 있는 것을 보고 감탄을 금하지 못할 것입니다. 그 천지공사 내용 중에서 미래의 중국은 여러 나라로 분열이 된다는 내용에 주목하지 않을 수 없습니다.

중국은 원래 역사적으로 춘추전국(春秋戰國)시대는 말할 것도 없고 위(魏) 촉(蜀) 오(吳)의 삼국(三國)시대나 오호십육국(五胡十六國)시대처럼 이합집산이 무상한 나라입니다.

공산당 관료들의 부정부패와 신장 위구르 자치구, 티베트 불교도 자치구, 대만과 홍콩이 독립될 가능성이 있는데 이것은 그 누구도 막을 수 없는 세계적인 역사의 대세요 큰 흐름이기도 합니다.

이것을 신호로 중국은 사회주의 소련 연방이 해체된 후의 러시아처럼 공중 분해되어 각 민족별로 분리 독립될 가능성이 농후합니다.

"그럼 일본은 어떻게 될까요?"

지축정립(地軸正立)시에 일본은 열도의 3분의 2가 화산 폭발로 물밑으로 가라앉는다고 일본 내외의 저명한 학자들과 예언자들도 이구동성으로 예언하고 있습니다. 일본은 80여 개의 활화산이 열도의 척추 부위에 집중되어 있습니다.

동경대의 다찌마나 교수는 후지산이 폭발할 경우 막대한 용암과 지하수의 분출로 인근 화산의 마그마를 식히는 지하수가 빠져나가는 라디에이터 효과가 발생하여 연쇄적 화산 폭발이 일어남으로써 일본열도 전체가 침몰할 것이라고 말했습니다. 이 외에도 세계의 많은 영능력자들이 일본열도의 침몰을 경고한 일이 있습니다."

이것을 보면 중국이 2050년 전후 경제적으로 미국을 추월한다는 많은 미래학자들의 예언과는 달리 증산도 도전은 중국과 일본이 그때에는 역사의 무대 전면에서 주도적인 지위를 잃을 것임을 예언하고 있습니다.

지금의 중년인 40대가 70대가 되는 2050년이 되면 이러한 예언들의 적중 여부가 판가름 날 것이니 지켜 볼 일입니다.

물론 여기서 말하는 2050년경의 지축정립은 지구가 생겨난 이래 12만 9600년마다 있어온, 23.5도 기울어진 타원형(楕圓形) 지구가 정구형(正球形)으로 바로 서는 큰 자정(自淨) 운동인데 이것을 천지개벽(天地開闢)이라고도 말합니다.

봄이 오면 여름이 오고 여름이 지나면 가을이 오고 가을이 끝나면 겨울이 오는 것과 같은 자연의 천체 운동이므로 그 누구도 피할 수 있는 것이 아닙니다. 지질학자들은 남극의 지층 발굴을 통하여 12만 9600년마다 되풀이되는 지축정립의 흔적을 발견하고 있습니다."

"그럼 북핵 문제는 어떻게 될까요?"

"도전 5편을 살펴보면 증산 상제님은 천지공사 때 북핵 문제를 내다보시고 핵전쟁을 방지하는 이른바 화둔(火遁) 공사를 이중삼중으로 빈틈없이 해 놓으셨으므로 한반도 안에서 핵탄두가 폭발하는 일은 우려는 하지 않아도 될 것입니다.

그렇다고 해서 북핵에 대하여 무방비 상태로 있자는 것은 물론 아닙니다."

"화둔(火遁)이란 무엇을 말합니까?"

"증산 상제님은 '천지에 변산(邊山)처럼 생긴 커다란 불덩이가 있으니 그 불덩이가 나타나 구르면 너희들이 어떻게 살겠느냐,' (5:227:4) 하시며, 천지공사를 했는데 이 후에도 이러한 화둔 공사를 수없이 했습니다. 도전(道典)의 이러한 예언들이 모두 다 적중된다면 도전의 진가가 확실히 입증될 것이고 그때는 도전을 대하는 세계인들의 태도 역시 크게 달라질 것입니다."

"그처럼 중국과 일본이 일시 또는 장시간 역사의 무대에서 사라진 다면 한국과 미국은 어떻게 됩니까?"

"도전이 여러 차례 언급한 대로 한국과 미국은 처지가 뒤바뀌어 한국은 세계를 이끌어나갈 주도국(主導國)이 된다고 했습니다."

"그럼 그때 미국은 어떻게 됩니까?"

"도전(道典)은 그때의 미국은 대부분이 물밑으로 가라앉는다고 말하고 있습니다. 실제로 세계의 수많은 예언가들도 미국은 지축정립 (地軸正立) 때 동부 지역 대부분이 물속으로 가라앉는다고 말하고 있습니다.

한국이 개벽 때 세계를 이끌어나갈 주도국이 된다는 것은 도전뿐 아니라 성경의 요한계시록, 노스트라다무스의 제세기(諸世紀), 불경, 격암유록, 정감록 등에도 자세히 나와 있습니다. 내가 지금 이 자리에서 더 이상 뭐라고 자꾸 말하기보다 우창석 씨 자신이 우선 도전 제5편 이후만이라도 한번 직접 읽어보시는 것이 어떨까 합니다."

"죄송합니다. 꼭 그렇게 하도록 하겠습니다."

'천안함' 북한 소행 인정하는 데 5년

2015년 3월 31일 화요일

우창석 씨가 말했다.

"선생님, 요즘 우리나라 최대의 야당인 새정치연합 대표이고, 다음 대선 후보 예정자로 거론되기도 하는 문재인 의원이 3월 26일 천안함 폭침 5주년을 맞이하여 지금까지 5년 동안이나, 북한 소행이 아니라고 계속 우겨 오다가 갑자기 태도를 바꾸어 북한의 소행이라고 말했습니다.

이런 돌연한 태도 변화에 대하여 이러니저러니 말들이 많은데 선생님께서는 어떻게 생각하십니까?"

"최근에 지금까지 안 해 오던 국립묘지의 이승만, 박정희 묘역 참배에 뒤이어 이러한 발언을 한 것은 문재인 대표로서는 적어도 지금까지 한결같이 견지해 온 자기 신념에 대한 일대 전환으로 보입니다.

이렇게 볼 때 적어도 그러한 태도 변화를 하려면, 그런 돌발적인 발언 형식을 취할 것이 아니라 국민들이 충분히 이해하고 납득할 수 있도록 해야 할 것이며, 당연히 그러한 사상적인 변화를 일으키게 된 배경과 이유에 대한 해명부터 먼저 나왔어야 합니다.

그렇게 해야 여기서는 이 말하고 저기 가서는 저 말하는 양 다리

걸치기나 하는 실없고 별 볼 일 없는 뜨내기 정객들과는 확연히 다
르다는 인상을 국민들에게 심어 줄 수 있을 것입니다.

그렇지 않으면 정치인으로서 지금까지 견지해온 친노파 수장답다
고 말할 수 없을 것입니다. 그러나 그와 같은 최소한의 절차마저 무
시한 채 거두절미하고 아닌 밤에 홍두깨 격으로 천안함 격침은 북한
의 소행이라고, 침몰된 지 5년이나 지난 뒤에야 덮어놓고 불쑥 한
마디 하는 것은 아무리 생각해 보아도 국민을 우롱하는 것이 아니라
면, 국민들에 대한 예의라고는 볼 수 없습니다."

"그럼 그가 그런 절차를 일체 생략하고 그렇게 불쑥 그런 말을 한
이유가 도대체 무엇일까요?"

"그가 국민을 너무 가볍게 보고 임박한 4.29재보선이나 내년 4월
의 총선이나 2017년 19대 대선 때 보수층 중에서 그의 안보관에 불
안을 느낄 유권자들의 표를 노린 나머지, 성급하게 행동도 따르지
않은 말만 앞세운 충동적인 발언을 한 것이 아닐까 하는 생각이 듭
니다."

"만약에 그것이 사실이라면 문재인 대표는 국민을 바지저고리 정
도로 잘못 본 것이 아닐까 하는 생각이 듭니다. 이런 식으로는 물정
모르고 남의 말에 속기 잘하는 경박한 극소수의 일부 보수층의 표를
얻는 데는 약간이나마 성공할지 몰라도 생각이 깊은 대다수 유권자
들의 표를 얻기는 어려울 것입니다."

"그럼 문재인 대표가 어떻게 해야 보수층 유권자들을 진정으로 감
동시켜 그들의 표를 끌어 모을 수 있을까요?"

"잡담 제하고, 말보다는 행동이 앞서야 합니다. 제일 먼저 문재인 대표가 시급히 해야 할 일은 지금 국회에는 계류되어 있는 북한인권 법이 제1야당의 반대로 벌써 10년째 낮잠을 자고 있는데, 그것부터 통과될 수 있도록 적극 도와야 합니다.

유엔에서 중국과 러시아를 위시한 극소수 친북 국가를 빼놓고는 전세계 문명국들이 전부 다 이구동성으로 가결시킨 북한인권법이 아닙니까?

가장 먼저 통과시켰어야 할, 분단 당사국인 대한민국 국회가 이 핑계 저 핑계로 그것을 통과시키지 않고 있는 것은 지옥 같은 인권 사각 지대에서 노예처럼 시달리며 신음하는 북한 동포들은 말할 것도 없고 이 법안의 통과를 애타게 기다리는 2백여 유엔 회원국들 보기에도 정말 수치스럽고 창피하기 짝이 없는 일입니다. 이것이 그가 제일 먼저 해결해야 할 과제입니다.

두 번째로 그가 해야 할 일은 친노파 핵심인 주사파가 숭배하고 있는 김일성이 제창하여 결국은 김일성, 정일, 정은 3부자의 김씨 왕조를 만드는 데 기여한 그 악명 높은 주체사상의 오류에서 탈출하는 사상 전환 절차부터 반드시 밟아야 합니다.

그렇게 함으로써 대한민국과 전세계가 북한의 소행으로 인정한 천안함 폭침을 아직도 북한의 소행으로 볼 수 없다고 주장하는 설훈 의원 같은 사람이 계속 얼굴을 들고 나타나지 않도록 지도력을 발휘해야 합니다.

적어도 이러한 과정을 거쳐 그의 진심이 국민을 감동시키지 못하는 한 문재인 대표의 사탕발림이고 임시변통 식 우파적 발언은 어떻게 하든지 표만을 노리는 정치인들의 그 흔하디흔한 꼼수로밖에는 국민의 눈에 비치지 않을 것입니다.

그러한 술수로 문재인 대표가 2년 뒤에 설령 대통령이 된다고 해도 그는 김대중 노무현 전 대통령들처럼 북한에 실컷 퍼주고도 그들에게 어이없이 농락이나 당하는 세 번째 대통령이 될 수밖에 없을 것입니다.

김대중 노무현 두 전 대통령들은 하늘의 도움으로 용케도 대한민국을 망국으로까지 이끌지는 않았지만 세 번째로 등장한 친북 좌파 대통령도 똑같이 하늘의 도움을 받을 수 있으리라고 누가 장담할 수 있겠습니까?"

"설마 그렇게까지야 되겠습니까?"

"역사에서 교훈을 얻지 못하는 민족에게는 미래가 없다고 단재(丹齋) 신채호(申采浩) 선생은 일찍이 말했습니다. 다시 말해서 그러한 민족은 이 세상에 생존할 가치가 없다는 뜻입니다.

천안함 침몰의 진실을 알아내는 데 장장 5년의 세월이 걸릴 정도로 두뇌회전이 아둔하고 느려터진 사람이 2년 후에 대한민국 대통령으로 당선되어, 재임 중에 천안함 비슷한 사건이 또 발생했을 때 그 진상을 파악하는 데만 또 다시 5년의 세월을 허비해야 한다면 그 나라와 국민이 과연 적자생존(適者生存), 약육강식(弱肉强食)이 판치는 지구상에 생존할 가치가 과연 있을지 한번 곰곰이 생각해 보아야 할 것입니다.

친북 좌파 정부가 들어설 가능성

그리고 북한 동포들을 나라의 주인은 고사하고 김씨 왕조의 한갓 노예나 종으로 만들어버린 김일성의 주사파 이념부터, 하태경 의원처럼, 과감하게 벗어 던지는 사상 전향 성명부터 먼저 해야 합니다."

"그 다음엔 문재인 대표가 어떻게 해야 진정으로 국민들의 지지를 받을 수 있을까요?"

"일단 전향을 한 뒤에 그것을 입증하기 위해서라도 거듭 말하지만 문재인 대표는 10년 동안 국회에서 낮잠을 자고 있는 북한인권법부터 통과시키는 데 온 힘을 기울여야 합니다.

그리고 대부분의 선진국들의 기존 진보 좌파 정당들처럼, 이미 용도 폐기된 사회주의 이념 따위에 연연하지 말고, 역사의 쓰레기통에 영원히 내던져 버리고 오직 국가와 국민을 위해서만 실사구시(實事求是) 정신으로 봉사하는 정당으로 거듭나야 합니다.

그래서 국민을 위해서라면 때로는 보수 정당 이상으로 보수적이어서 누가 보수요 누가 진보인지 구분할 수 없게 되어야 합니다. 오직 누가 더 국가와 국민을 위해서 경제를 발전시키고 국가의 안전을 위해서 열심히 봉사하느냐 하는 것으로 평가받아야 합니다.

이미 미국, 영국, 독일, 프랑스 같은 선진국들에서는 한국처럼 케케묵은 이념 따위나 추구하는 사회주의 정당은 자취를 감추어 버린

지 오래다는 것을 알아야 합니다.

문재인 대표는 진정으로 새로운 개안(開眼)과 갱생(更生)으로 여당 이상으로 국민의 뜻을 따라야만 앞으로 한국 정치판에서 살아남을 수 있을 것입니다."

"문재인 대표의 부모님은 1.4후퇴 때 중공군에게 쫓기면서 다른 난민들과의 간발의 차이로 흥남 부두에서 미군이 제공하는 군용 선박에 용케도 편승하여 거제도에 도착한 뒤에 태어난 탈북 난민의 아들이 아닙니까?"

"그렇습니다."

"그러한 그가 도대체 어떻게 하다가 그의 부모가 살기 어려워서 북한 땅에서 도망치게 만든 김일성을 숭배하는 주사파의 리더가 되었고 그 후 친노파를 이끌고 18대 대선의 야당 대통령 후보까지 되었었는지 그야말로 갈수록 수수께끼가 아닐 수 없습니다.

더구나 국제 조사단에 의해 움직일 수 없는 객관적 증거들을 통하여 북한의 소행으로 판명난 천안함 피격 사건이 일어난 지 장장 5년이나 지난 뒤에야 그 사실을 인정한 문재인 대표가 만약에 지난 대선에서 대통령에 당선되었다면 그동안 이 나라의 안보는 어떻게 되었을까 생각하면 가슴이 섬뜩합니다.

과연 그가 대통령으로 재임하는 2년 반 동안에 대한민국이 지금처럼 과연 생존할 수 있었을까 하는 의문이 듭니다. 더구나 다음 대선 유력 후보자에 대한 여론 조사에서 문재인 대표가 계속 1위를 달리고 있는 것을 보니 별 생각이 다 듭니다.

그런 걸 생각해보면 국민의 한 사람으로서 정말이지 오싹 소름이 끼치는 일이 아닐 수 없습니다. 이런 식으로 나가면 대한민국이 언제까지 연명할 수 있을지 의문입니다. 사태가 이렇게까지 이른 책임은 도대체 누구에게 있습니까?"

"그거야 대한민국 국민이 자유민주주의와 시장경제와 국민이 대통령을 뽑는 선거 제도를 선택한 이상 그 책임은 어디까지 표를 행사한 유권자들에게 있지 누구에게 있겠습니까?

지금까지는 아슬아슬하게 침몰의 파국을 두 번이나 모면하여 왔지만 앞으로는 표를 행사하는 사람들은 정말 정신 똑바로 차려야 합니다. 나라를 일으키고 부흥시키는 것도 나라를 망하게 하는 것도 오로지 유권자의 한 표에 달려 있으니까요.

그러니까 유권자들은 각자가 나라의 흥망을 좌우하는 백척간두(百尺竿頭)에 선, 국가의 주인이라는 의식을 갖고 이 나라를 5년간 이끌어나갈 큰 머슴을 뽑는다는 책임감으로 후보자들의 맘속을 훤하게 꿰뚫어 볼 수 있는 지혜를 터득해야 합니다.

그래야 속 다르고 겉 다른 사람을 대통령으로 뽑았다가 나라가 망한 뒤에 땅을 치고 통곡하는 어리석음을 범하지 않게 될 것입니다.

서기전 194년 기자조선(箕子朝鮮)의 마지막 임금인 준왕(準王)은 연(燕)나라에서 도망쳐 온 위만(衛滿)이라는 사람의 감언이설에 속아 그의 속셈을 꿰뚫어보지 못하고 중책을 맡겼다가 그에게 나라마저 통째로 빼앗기고 간신히 도망을 쳐서 목숨만은 구했지만 900년 동안 존속했던 기자조선은 끝내 망해버리고 말았습니다. 위만조선

역시 남의 나라를 도둑질한 인과응보로 3대 88년 만에 망해버리고 말았습니다.

그런데 각종 역사 교과서를 집필하고 있는 한국의 식민사학자들은 7세 3301년의 환인 시대, 18세 1565년의 환웅 시대, 47대 2096년의 단군조선 시대, 182년의 북부여 시대 총 7142년의 상고시대 역사를 모조리 잘라 없애버리고 겨우 위만조선에서 우리 역사가 처음 시작된 것처럼 교과서에 기술함으로써 동양 3국 중에서 9214년의 가장 오래된 우리 역사를 겨우 2천년밖에 안 되는 것으로 줄여버렸습니다. 그들은 위만조선은 단군조선 남쪽의 번조선의 극히 작은 일 부분에 지나지 않는다는 사실 역시 무시해 버렸습니다.

우리 유권자들은 기자 조선의 준왕과 같은 통분을 되씹지 않으려면 두눈 똑바로 뜨고, 정신 번쩍 차리고 대통령을 제대로 뽑아야 합니다. 김일성의 주체사상에 오염된 자가 대통령이 된다면 언제 위만처럼 대한민국을 도둑질하여 북한에 넘길지 알 수 없습니다.

만약에 남북 정상들 사이에 체결된 2000년의 6.15선언과 2007년의 10.4선언이 그대로 실현되었더라면 대한민국은 벌써 침몰되고 말았을 것입니다."

"왜죠?"

"이 두 선언 속에는 김대중, 노무현 두 전직 대통령들이 미처 간파하지 못한 무서운 대남 적화전략과 음모가 도사리고 있기 때문입니다. 두 전직 대통령들이 북한의 실체를 제대로 파악했더라면 그러한 실수는 결코 저지르지 않았을 것입니다.

바로 그들 두 전직 대통령의 후계자인 문재인 대표처럼, 행동도 따르지 않고 사상적인 전향 성명도 하지 않은 채, 단지 양다리 걸치기 식 돌발적 발언만을 믿고 우리 국민들이 무작정 그에게 표를 줄 수는 없는 이유입니다.

그래서 불법화된 통진당과 같은 종북 세력들이 그렇게도 이 두 선언의 이행을 끈질기게 촉구하고 있었지만 지금까지 사장(死藏)되고 있는 이유도 아직도 건재하는 법제와 시스템으로 움직이는 대한민국의 잠재력 때문입니다.

그러나 앞으로 또 10년 이상 친북 친노파 정부가 계속된다면 법제와 시스템으로 움직이는 대한민국의 잠재력의 일부가, 친북 정부 10년 동안에 시각된 좌경화 일변도의 교과서 개악에서 보는 바와 같이, 붕괴될 가능성이 있습니다.

한국의 유권자들은 이 사실을 직시하고 여기서 막중한 교훈을 얻어야 앞으로 대통령을 제대로 뽑을 수 있을 것입니다."

"그러나 유권자들이 최선을 다했는데도 판단을 잘못하여 1997년과 2002년 대선 때처럼 종북 또는 친북 인사들의 감언이설에 또 속아, 2017년 다음 대선에서도 친북 좌파 대통령이 세 번째로 당선된다면 어떻게 됩니까?"

장마당 세력의 대두

"진인사대천명(盡人事待天命)입니다. 그거야 하늘에 맡겨야지 어떻게 하겠습니까? 그러나 지금 돌아가는 내외 정세를 면밀하게 분석해 보면 그런 일은 웬만해서는 일어날 수도 없게 되어 있습니다."

"왜 그렇게 생각하시죠?"

"요즘 유권자들은 감언이설에 속아 친북 정치인을 대통령으로 뽑아줄 만큼 어리석지도 않을 뿐만 아니라 오히려 그들의 계략을 몇수 앞서 손금처럼 빤히 드려다 볼 수 있을 만큼 지혜로워졌기 때문입니다.

요즘 실시되는 각종 선거 결과를 보면 그러한 유권자들의 슬기에 혀를 내둘러야 할 정도입니다. 그런 의미에서 이제는 유권자들을 믿어도 될 것입니다.

그보다는 선거로 그전처럼 좌파 정권이 들어서기 전에 북한의 김씨 왕조 자체가 먼저 내부 모순과 외압으로 스스로 붕괴될 가능성이 더 큽니다."

"북한이 붕괴해버리면 통일이 온다는 얘기가 아닌가요?"

"아무래도 그럴 수밖에 없겠죠. 김씨 왕조는 자기 체제를 유지하려고 온갖 난관을 뚫고 끈질긴 시도 끝에 핵을 개발했지만 북한은 바로 그 핵 때문에 스스로 초래한 자체 모순과 함께 초강대국 미국을 자극하여 오다가, 그로 인하여 야기된 외압과 북한군이 지원하는 주민 봉기로 스스로 무너지지 않을 수 없게 될 것입니다.

최근에 들어온 탈북자들에 따르면 북한에서는 평양의 극소수의 상층부만이 정상적인 식량 배급을 받을 뿐, 2천 3백만 북한 인민 전체가 배급을 못 받고 순전히 장마당에서 부녀자들이 하루하루 장사를 하여 겨우 입에 풀칠을 하고 있다고 합니다.

그 때문에 김정은의 명령이 내려져도 권력 상층부 10% 부분에서만 맴돌 뿐 그 이하로는 먹혀들지 않는다고 합니다. 따라서 북한 경제의 근 90%는 이미 비밀 시장경제를 장악한 장마당 세력의 영향을 받고 있다고 합니다.

따라서 이 장마당 실력자들을 뜯어 먹고 사는 권력의 중 하부 층은 시장 세력에 의해 좌우되고 있다고 합니다. 다시 말해서 지금 북한에서는 권력의 대이동이 꾸준히 진행되는 있는 것입니다.

이러한 실정을 꿰뚫어보고 있는 미국은 지금까지 속아만 온 북한 체제의 운영자들을 그전처럼 그대로 계속 방치하지만은 않을 작정입니다.

이제 남은 것은 미국과 중국의 협상입니다. 이란과의 핵 협상을 타결하고 본격적으로 북핵 문제 해결에 착수하게 될 오바마 대통령은 이번에야말로 무슨 일이 있어도 과거처럼 북한의 술수에 말려드는 일이 없이 북한의 체제 변화를 통하여 반드시 한국의 통일 문제를 빈틈없이 말끔하게 마무리하게 될 것으로 보입니다.

우리 정부는 이때 서기 668년 즉 지금으로부터 1347년 전에 삼국을 통일한 신라가 어떻게 당나라를 능수능란한 외교와 군사력으로 제압했는지 그 전략과 지혜를 본받아야 할 것입니다.

그때 신라는 동맹국인 신라와의 약속을 깨고 이미 항복한 백제를 자국에 합병하려는 당나라의 엉큼한 야욕을 미리부터 알아채고 대비 했다가 군사력으로 선제공격을 가하여 그들에게 참패를 안겨주는 한편 외교력을 능숙하게 구사하여 끝내 백제 땅에서 당나라 군대를 완전히 내쫓고 말았습니다.

이러한 조상의 슬기를 정부 당국자들은 오늘에 반드시 되새겨야 할 것입니다."

"과연 그렇게 통일은 도둑처럼 슬그머니 찾아올까요?"

"우리가 빈틈없이 꼼꼼하게 만반의 준비를 하는 한 기회는 반드시 우리의 것이 되고 말 것입니다. 일단 통일만 되어 김씨 왕조와 같은 사악하고 끈질긴 침략 세력의 위협만이라도 사라지면 종북 좌파 정치 집단도 국내에서 사라지게 될 것입니다.

그렇게 되면 누가 정권을 잡든 적화될 위험성은 없게 될 것이므로 유권자들이 안보에 대하여 지금처럼 신경을 곤두세울 필요는 없어지게 될 것입니다."

"독일 통일의 경우와 같이 초강대국 미국의 주선으로 한국이 한반도 북부를 인수할 경우 중국이 또 말썽을 부리지는 않을까요?"

"중국은 미국과 함께 세계를 관리하는 G-2 중의 한 나라로서의 체면이 있으니까 경솔하게 그 옛날 당나라처럼 북한을 합병하려는 엉큼한 짓은 하지 못할 것입니다. 통일 한국은 원교근공(遠交近攻)책을 더욱 강화하여 미국과 더 긴밀한 동맹 관계를 유지할 것이니까요.

그런 의미에서 박근혜 대통령이 취임 후 다른 전직 대통령들처럼 미국을 제일 먼저 방문하던 전례를 깨고 중국을 방문한 것은 잘 한 일입니다.

그렇게 중국과의 우호 관계를 돈독히 함으로써 북한에 급변 사태가 일어나더라도 중국이 당나라처럼 엉뚱한 생각을 품지 못하게 쐐기를 박을 수 있을 것입니다."

"그렇게 해서 잘하면 탄허 스님과 정감록 예언대로 2013년에 등극한 '여자 임금'에 의해 2015년에 통일이 된다는, 월악산 일대에서 오래 전부터 전해 내려오는, 을미년(2015년) 통일 예언이 꼭 맞아 들어가는 것이 아닙니까?"

"어디 한번 지켜봅시다."

증인 출두 기피 행각

2015년 4월 15일 수요일

오후 3시 정각에 피고인 필자가 1심 판결에 불복하여 상고한 2심 공판이 서관 421호실에서 열렸다. 판사는 지난번 공판 때 변호인이 신청했고 판사가 승인한 고소인의 증인으로 나왔는지를 살피는 눈치였다. 그러나 증인은 끝내 나타나지 않았다.

정상적인 경우라면 변호인이 신청하고 판사가 승인한 고소인이 당연히 증인으로 나왔어야 하지만 그는 아무런 사전 통고 없이 나타나지 않았다.

판사가 변호인에게 말했다.

"고소인의 증인 출두 문제는 어떻게 되었습니까?"

"그전에 늘 해 오던 그대로 고소인은 주소지에 집배원이 증인 출두 요청서를 배달하려 가면 그가 국내에서 활동하고 있는 것이 확실한데도 수취인 부재, 해외여행 등의 이유로 반송이 됩니다.

본 명예훼손 사건이 제기된 지 8년이 되었는데도 고소인은 지금까지 단 한번도 법원의 증인 출두 요청에 응하여 공판정에 나타난 일이 없습니다. 더구나 요즘은 으레 공판 하루 이틀 전에 외국으로 피신하듯 나가버리곤 합니다."

판사가 말했다.

"그럼 어떻게 하면 좋겠습니까?"

변호인이 말했다.

"끝끝내 나오지 않으니 아무래도 구인(拘引)을 해야 되지 않을까요? 더구나 요즘은 박근혜 대통령의 남동생도 증인 출두를 거부하다가 구인을 피하여 출두하는 세상인데 말입니다."

그러자 판사가 말했다.

"결국은 구인하는 길밖에 없겠군요. 그 대신 마지막으로 다시 한 번 출두요청서가 배달되도록 힘써 보시기 바랍니다. 다음 공판은 5월 29일 오후 4시에 바로 이 자리에서 열겠습니다."

여기서 아무래도 독자의 이해를 위해 보충 설명이 필요할 것 같다. 피고인인 필자는 고소인이 운영하는 단월드에 입회하는 처녀들을 옥문수련(玉門修鍊)을 한다는 구실로 간음 행위와 엽색 행위를 한 사실을, 무명작가 신성일 씨의 작품 '깨달음의 권력'이라는 소설의 추천사에서 언급했다.

이 때문에 나는 명예훼손으로 단월드 원장으로부터 고소를 당했고 1심에서 벌금 3백만 원의 유죄판결을 받았다.

그러나 나는 이에 불복, 고등법원에 재심을 청구했다. 그 이유는 고소인이 피해 여성들이 진정에 따라 공연음란 행위로 동부지청 검찰에서 박준모 검사가 시행한 조사에 응하여 기록된 사건번호 1993년 형제 285075호 조서 작성시에 검찰에 출두하여 조사관의 질문에 응답한 사실이 있었기 때문이다.

본 건 변호인과 관계자들이 그의 엽색 행위가 기술된 장면을 읽어본 일이 있었는데 그러한 사실이 과연 있었는가를 증인인 고소인의 입을 통하여 확인하려는 것이다. 조서에는 그가 간음과 엽색을 한 사실이 그가 말한 그대로, 낯 뜨거울 정도로 생생하게 기술되어 있기 때문이다.

만약에 고소인이 증인 신청에 응하여 공판정에 출두하여 이 사실을 인정하면 그의 간음 및 엽색 행위를 그의 입으로 시인하는 것이 되므로 그는 어쩔 수 없이 패소하게 된다. 그렇다고 해서 그런 일이 없다고 진술하면 그는 위증죄를 범하게 된다.

따라서 그가 패소 당하거나 위증죄를 짓지 않는 방법은 어떻게 하든지 법원의 증인 출두 요청을 그때마다 요리조리 요령껏 피해놓고 보는 수밖에 없다.

(5월 29일 2심 공판에도 고소인은 끝끝내 증인으로 출두하지 않았고, 피고인 나는 재심 판사로부터 '원심 판결 파기 및 300만원 벌금 선고유예' 판결을 받고 즉각 대법원에 상고했다. '선고유예'가 무엇을 의미하는지 아리송하여 법조인들에게 물어보았더니 운동 시합으로 말하면 무승부와 비슷하다고 말했다.

내가 출판물에 의한 명예훼손으로 2007년에 민형사상 고소를 당한 지 8년 만에 내려진 결과다. 앞으로 대법원은 과연 어떤 판결을 내릴지 자못 기대된다. 그러나 대법원에서 어떤 판결이 내려도 2심 판결 이하로 피고인에게 불리한 판결이 나오지는 않게 되어 있다고 법조인들은 말했다.)

신종 방탄복

2015년 4월 24일 금요일

우창석 씨가 말했다.

"선생님, 한 티브이 방송에 따르면 미국은 북한군과 맞서 싸울 미군에게 김정은의 얼굴이 그려진 방탄복을 입힐 예정이라고 합니다."

"그래요. 처음 듣는 소식입니다. 그게 사실이라면 그것이야말로 기절초풍할 기발한 착상이 아닐 수 없습니다. 잘 이용만 한다면 그로 인해 김씨 왕조가 소멸되고 통일에도 그야말로 대박이 될 수도 있겠는데요."

"그렇다면 유사시 북한군과 미군 사이에 접전 상태가 벌어졌을 때 북한군은 미군을 정말 눈 앞에 두고도 김정은의 얼굴 때문에 조준사격을 할 수 없을 것이라는 말씀인가요?"

"그렇고말고요. 결국은 그들 자신이 벌인 70년 동안의 우상화 작업으로 인한 인과응보요, 자업자득이요, 자업자수(自業自受)긴 하지만 말입니다.

북미 합의에 따라 함경남도 신포에 한국형 경수로가 건설되게 되었을 때 우리 기술자와 근로자들이 장비와 함께 파견된 일이 있습니다.

그들 근로자들 중 한 사람이 김일성과 김정일의 사진이 인쇄된 로

동신문을 읽다 말고 무심코 접어서 깔고 앉았다가 로동당원에게 발견되어 된통 혼쭐이 난 일이 우리 신문에 크게 보도된 일이 있습니다.

만약에 북한 근로자가 그런 일을 했더라면 두말 할 것 없이 현장에서 총살을 당했거나, 잘해야 한번 들어가면 살아서는 나올 수 없는, 정치범 수용소에 들어가고도 남았을 것입니다.

그래서 북한에서는 자기 집에 화재가 나면 누구를 막론하고, 거동이 불편한 노부모나 환자나 아이들은 그대로 내버려두는 한이 있어도, 각 가정에 모셔져 있는 김일성, 정일, 정은 삼부자 사진부터 먼저 떼어 안고 재빨리 튀어 나와야 무사하고 칭찬도 받고 상금도 탈 수 있게 되어 있습니다. 그만큼 김 부자 3대는 북한에서는 하느님 받들듯이 철저히 우상화되어 있습니다.

대구에서 열렸던 아시안 게임에 참석했던 북한 미녀 응원단원들이 대절 버스를 타고 대구 시내를 지나다가 홍보용으로 게시되었던 김정일의 사진이 길가에 떨어서 비에 젖어 있는 것을 보고 급히 차를 세웠습니다.

그녀들은 누가 이런 짓을 했느냐고 엉엉 울면서 그 김정일 사진이 인쇄된 홍보용지들을 차곡차곡 접어서 신주처럼 가슴 속에 고이 품어 안고 간 일이 우리 매스컴에 소상하게 보도된 일이 기억납니다.

그뿐 아니라 북한 전역에는 수천수만 개의 김일성, 김정일 동상이 곳곳에 세워져 있어서 이들 동상들의 제작비, 경비, 보수, 유지비 1년 예산만 해도 굶주려 죽어가는 북한 주민을 6년 이상 먹여 살릴 식량을 구입하고도 남는다고 합니다.

탈북 작가 림일의 장편소설 '통일'을 읽어보았는데 그 소설 속의 주인공들은 평양 만수대 김일성 광장에서 김일성 부자의 동상을 교묘하게 방패삼아 광장에 **빽빽**하게 운집한 군중들에게 북한 인민들이 지금처럼 헐벗고 못살게 된 것은 '미제와 남조선 도당들' 때문이 아니라 인민들을 노예화한 김씨 왕조의 학정과 비리와 비능률적인 사회주의 경제제도 때문임을 조목조목 규탄하고 있었습니다.

그러나 경비병들은 바로 김 부자의 동상들을 다칠까 겁이 나서 연설자들을 직접 저격하거나 체포하지 못하고 전전긍긍하는 장면이 나옵니다."

"그럼 그 소설에서는 북한 인민들의 봉기가 성공했나요?"

"물론입니다. 결국은 평소부터 김일성 삼부자의 비리를 알고 분노가 잔뜩 팽배해 있던 북한 인민들이 일제히 들고 일어나 군부대의 호응을 얻어 눈사태처럼 북한 전역으로 확산되어 해방 70주년인 금년 8월 15일에 마침내 우리 민족 전체가 꿈에도 그리던 통일의 단초가 열리는 것으로 되어 있습니다.

김정은의 사진뿐만 아니라 김일성, 김정일 부자의 사진도 방탄복에 같이 인쇄하면 효과가 배가될 것입니다."

"만약에 북한이 이것을 문제 삼아 미국의 오바마 대통령에게 강력히 항의하면 어떻게 될까요?"

"아마도 오바마 대통령은 그것은 미국 국민의 기본 권리로서 표현의 자유에 속하는 것으로서 아무도 그 기본권을 제한할 수 없다고 말하면서 북한의 항의를 일고의 가치도 없다고 일축해 버릴 것입니다."

"만약에 그에 대한 보복으로 북한도 오바마의 얼굴을 북한군 방탄복에 인쇄하면 어떻게 될까요?"

"미국 대통령은 선거로 뽑히게 되어 있으므로 언제 바뀔지 모르니 북한군 방탄복에 인쇄할 수 없습니다. 북한은 이미 북한군의 군견 훈련 시 오바마의 인형을 개들이 뜯어먹는 목표로 이용하고 있었지만 미국은 그들에게 항의한 일이 없었으므로 그들로서 더 이상 왈가왈부할 명분도 없게 될 것입니다."

친노파의 반대 가능성

"만약에 한국군도 미군처럼 방탄복에 김정은의 얼굴을 인쇄하여 착용하면 어떻게 될까요?"

"지난 10년 동안 국회에 계류되어 있는 북한인권법 통과를 이 핑계 저 핑계로 지금까지 저지하고 있는 친노파가 장악한 새정치연합 국회의원들이 무슨 이유를 대어서든지 신종 방탄복을 반대할 가능성이 높습니다.

그들이 북한인권법을 10년 동안이나 반대하여 온 진짜 이유는 북한의 심기를 건드리지 않기 위해서이기도 하지만 그보다는, 그들이 케케묵은 김일성의 주체사상에서 완전히 벗어나지 못했기 때문이라고 생각됩니다.

새정치연합은 소수당이면서도 국회선진화법에 따라 그들이 일단 반대만 하면 여당인 새누리당이 다수 의석을 확보하고 있어도, 국회의석 300석 중 3분의 2인 200석 이상을 차지하지 못하는 한, 어떤 법안도 통과시키지 못하게 되어있습니다. 민주주의에 역행하는 바로 이 국화선진화법 때문에 북한인권법도 10년 동안이나 낮잠을 자고 있습니다.

친노파 대다수가 김일성을 숭배하는 80년대 주사파 출신이므로, 그들이 전 국민을 상대로 사상 전향 성명을 내지 않은 이상, 그러한 신종 방탄복을 반대할 것이 뻔합니다. 그러나 새정치연합과 문재인 대표는 그로 인해 엄청난 대가를 치르지 않을 수 없게 될 것입니다."

"엄청난 대가라뇨?"

"시도 때도 없이 핵무기를 앞세워 남침을 위협하는 북한군을 코앞에 두고 안보 문제에 극도로 민감한 유권자들은 틀림없이 신종 방탄복 착용을 찬성할 것이기 때문입니다. 따라서 이를 반대할 경우 문재인 대표를 국민들이 야당 대권 후보로 계속 밀어주지는 않을 것이기 때문입니다.

안보를 걱정하는 대다수 국민들은 최근 들어 문재인 대표가 순전히 표 때문에 사상 전향 성명도 없이 이승만 박정희 묘역을 방문한다든가, 천안함을 북한이 격침한 지 5주년이 되는 지난 4월 26일에 와서야 뜬금없이 북한의 소행으로 인정한다든가 하는 돌발적인 언행들을 못 마땅하게 생각하여 왔습니다. 그러한 국민들이 이제 김정은의 얼굴을 한국군 방탄복에 이용하는 것까지 반대한다면 그에게 표를 주려고 하겠습니까?"

"정말 그렇게 된다면 그는 아쉽기는 하지만 다음 대권의 꿈을 접어야 하겠는데요. 그것이야 말로 문재인 대표에게는 엄청난 타격이 될 것입니다.

그건 그렇고요. 만약에 탈북자 단체들이 북한에 전단을 띄워 보낼 때 김정은의 대형 얼굴로 전단 꾸러미를 감싸서 날려 보내면 북한군의 사격을 받지 않고 북한 땅에 무사하게 안착할 수 있을 것입니다.

그뿐 아니라 북한에 정보 수집 차 드론과 무인기를 날려보낼 때도 김정은의 사진을 부착하면 북한군에게 격추 당하는 것을 모면할 수 있을 것입니다.

레닌과 스탈린의 우상화로 74년 동안 유지되어 온 소련이 1990년대에 미국과의 군비 경쟁에서 패배하여 하루 아침에 갑자기 공중 분해된 것처럼 김씨 왕조의 70년 우상화 작업 역시 신형 방탄복으로 종말을 고할 수 있을 것입니다. 왜냐하면 신종 방탄복 때문에 자기네가 먼저 전쟁을 도발하지는 못할 것이기 때문입니다.

북한이 먼저 전쟁을 도발하지 못하는 사이에 배급제도가 무너져 굶주리게 된 북한 주민들의 불만은 날로 고조될 것입니다.

게다가 신종 방탄복 사용으로 인하여 우상화 작업도 주춤하게 될 것입니다. 김일성 3부자의 우상화가 종말을 고한다면 김씨 왕조 역시 공중분해 될 것이고 한반도에는 통일이라는 새로운 역사의 장이 반드시 열리게 될 것입니다.

백두 혈통의 우상화가 끝나면 북한의 참 주인인 북한 인민들도 남한 국민들처럼, 새로운 주권자와 역사의 주인공으로 등장하여 70년 동안 빼앗겼던 투표권을 되찾아 당당하게 행사하게 될 것입니다.

그들은 틀림없이 동독 인민들이 서독을 택한 것처럼, 겨우 국민소득 5천 달러의 일당 공산 독재 국가인 중국보다 국민소득 3만 달러의 동족 국가인 한국을 통일의 대상으로 선택하게 될 것은 불을 보듯 뻔합니다."

"그러나 해방된 지 어느덧 70년이 되는 지금까지 오직 김씨 왕조의 노예로만 길들여져 온 북한 주민들이 과연 북한을 이끌어 나갈 새로운 대체 세력이 될 수 있을까요?"

"북한에서는 소련과 동구 공산권이 무너진 1990년대 중반 이후 주민들에 대한 식량배급 제도가 무너지고 3백만의 주민들이 굶어 죽은 대기근(大飢饉)을 겪으면서 여성들 대부분이 장마당으로 내몰려 하루하루 장사로 식구들의 입에 겨우 풀칠을 하여 왔습니다. 그 후 15년의 세월이 흐르는 동안 이들 장마당 세력은 꾸준히 성장하여 지금은 프랑스 시민혁명 때의 절대왕조 세력을 대체한 부르주아와 같은 위치에 서게 되었습니다.

이들은 김씨 왕조 세력이 마음대로 통제하고 관리할 수 있는 만만한 부류들이 아닙니다.

그렇다고 해서 장마당 세력을 당국이 무력으로 탄압하여 없애버릴 경우 북한 인민 대부분이 굶어 죽게 될 것입니다. 제아무리 기고만장한 김씨 왕조도 인민들이 다 굶어 죽은 다음에 어떻게 살아남을 수 있겠습니까?

주민들은 SNS를 통하여 장마당 안에서 한국과 중국을 위시한 세계정세를 환히 꿰뚫어 보게 되었고 북한 로동당원이라는 기존 지배세력을 대체할 대안 세력으로 힘을 기르게 되었다는 것을 알아야 합니다.

만약 이들 장마당 세력을 김씨 왕조 세력이 무력으로 탄압한다면 양쪽은 다 함께 공멸되는 것이 아니라 절대 다수를 차지한 장마당 세력만 마지막 승자로 살아남게 될 것입니다."

선민의식(選民意識)과 무오류성(無誤謬性)

2015년 5월 2일 토요일

우창석 씨가 말했다.

"선생님 4.29 재보선 참패로 다음 대선 유력 후보자 중 한동안 여론조사에서 계속 선두를 달리던 친노 강경파 수장인 문재인 새정치연합 대표가 여론 조사 결과 드디어 김무성 새누리당 대표에게 선두를 추월당하고 말았습니다.

그런데도 문재인 대표는 이번 선거를 처음부터 계획 관리한 책임자로서 관례에 따라 선거 참패에 대한 책임을 지고 당 대표 자리를 물러날 생각이 전연 없는 것 같습니다.

그뿐 아니라 이번 선거 결과가 박근혜 정부와 새누리당에게 면죄부를 주는 것은 아니라면서, 듣는 사람이 가슴이 섬뜩할 정도로, 현 정부의 퇴진을 위해 끝까지 투쟁할 부동의 결의를 다짐하고 있습니다.

지난 대선 때 48%의 득표를 하고도(사실 48%의 반수는 안철수의 표지만) 낙선된 후 겉으로는 선거 결과에 승복한다고 하면서도 지금까지도 속으로는 이를 인정하지 않고 국정원 댓글 등을 구실로 박근혜 정부 퇴진을 끈질기게 요구하여 왔듯이 이번 4.29 재보선 결과도 속으로는 승복하지 않는다는 것을 선명하게 보여주었습니다.

선거 결과는 민심의 가장 구체적인 표현인데 그것을 솔직하고 겸손하게 받아들이지 않고 도대체 대한민국의 정치 풍토 속에서 어떻게 살아남겠다는 것인지 아무리 생각해보아도 의문이 풀리지 않습니다.

민주주의와 대의정치가 뿌리내린 대한민국에서는 문재인 대표의 이러한 사고방식이 아무래도 어딘가 걸맞지 않는, 어느 먼 별나라에서 온 우주인의 말과 같지 않습니까? 선생님께서는 어떻게 생각하십니까?"

"바로 그런 사고방식 때문에 친노 강경파의 수장인 문재인 대표가 주관한 거의 모든 재보선에서 지금껏 단 한번도 승리하기는커녕 모조리 참패만을 당해 왔습니다.

지금이라도 그러한 사고방식을 바꾸지 않는 한 문재인 대표가 주관하는 모든 선거에서는 앞으로도 계속 백전패배를 모면할 수 없을 것입니다."

"도대체 문재인 대표를 그렇게 만든 사고방식이란 어떤 것입니까?"

"그것이 바로 선민의식(選民意識)과 무오류성(無誤謬性)입니다."

"그 두 단어는 대한민국에서 시행되는 민주주의와 대의정치와는 부합되지 않는 이질적인 것 같은 느낌이 듭니다. 도대체 그 두 단어는 어디에서 유래된 것입니까?"

"노무현 정부를 출범시킨 소위 친노 세력이 바로 386 주사파(主思派) 운동권 세력입니다. 이들은 원래 80년대의 전두환 군부 독재 정부를 타도하려는 학생 운동권 출신들의 주류를 이루고 있습니다."

"주사파라면 김일성이 자기네 독재 왕조를 합리화하기 위해 만들어 낸 이론이 아닙니까?"

"그렇습니다. 바로 그 이론의 근간을 이루고 있는 것이 선민의식과 무오류성입니다. 북한의 김씨 왕조는 바로 이 논리에 근거하여 김씨 왕조는 하늘의 선택을 받은 것이고 이들을 뒷받침해주는 김일성 부자와 조선 로동당은 어떤 경우에도 잘못을 저지르는 일이 없다는 주장입니다.

그래서 김일성은 6.25의 주범이면서도 남침 실패에 대한 책임도 자신이 지지 않고 엉뚱하게도 월북한 남로당의 박헌영의 잘못으로 돌려 그에게 미제의 간첩 혐의를 뒤집어 씌워 처형했습니다. 그러한 전통은 그 후 김정일을 거쳐 김정은에게까지 고스란히 전승되고 있습니다.

특히 김정은 대에는 그의 지시에 이의를 말하거나 대안을 제시하는 측근 관리들까지도 직접 처형함으로써 공포 정치로 겨우 정권을 유지하고 있습니다.

1990년대 중반 소위 고난의 행군 때는 3백만의 북한 주민이 굶어 죽었는데도 김일성, 김정일 일당은 아무도 책임을 지지 않고 그 책임을 오직 '미 제국주의자와 남조선 괴뢰도당'의 탓으로 돌렸습니다.

1980년대 한국의 주사파 운동권은 이 이론을 그대로 받아들인 것입니다. 이러한 주사파 이론은 바로 그 선민의식과 무오류성으로 투쟁 대열을 단합시켜 독재 정권을 타도하는 폭력 시위를 강행하는 데는 어느 정도 효력을 발휘함으로써 결과적으로 민주화 운동에 일정한 기여를 했다고 할 수 있습니다.

내공(內功)을 모르는 친노파

바로 그 때문에 이들이 주축이 되어 노무현 정부 수립에 기여했다는 것은 누구나 다 잘 아는 일입니다. 이들이 바로 친노파 핵심 세력입니다.

이들은 노무현 정부 시절에 주사파 이론의 이분법적 흑백논리에 현혹되어 매사에 적과 아군을 구분하여 대립시킴으로써 대한민국 각계각층에 분열과 투쟁을 조장했고, 전 세계가 그 효력이 다하여 폐기 처분하여 버린 평등과 분배의 사회주의 경제 이론을 약진하던 자유시장 제도에 기초한 한국 경제에 억지 적용함으로써 경제 성장의 동력을 마비시켜 버렸습니다.

이 때문에 정권 말엽의 노무현의 인기는 한때 9.9% 대까지 추락되었는가 하면 그의 후계자로 지정된 정동영 후보는 17대 대선에서 이명박 후보에게 536만 표의 압도적 표 차이로 참패를 당했습니다.

그 후 이명박, 박근혜 정부가 들어섰건만 그들은 여전히 시대의 변화에 적응하려고 하지 않고 그 잘못된 고집을 내세워 왔습니다. 군부 독재가 사라진 민주화 시대에도 적응하지 못하고 지금도 거칫하면 거리에 뛰쳐나와 박근혜 독재 타도를 외치고 있습니다.

그들은 지금도 독재 시대의 향수에 적은 듯 그 시대의 옹고집을 버리지 못하고 전문 시위꾼으로 변신하여 각종 반정부 운동에 침투하여 거리 시위의 주역으로 등장했습니다.

　그 좋은 실례가 바로 세월호 참사입니다. 세월호 유족회에 침투하여 그들과 함께 텐트에서 침식을 같이 하면서 그동안 축적된 노하우로 그들을 이끌어 그들의 고충을 해결하기보다는 반정부 운동으로 변질시키고 있습니다.

　무슨 일이 일어났다 하면 거리로 뛰쳐나가 시위운동부터 합니다. 국회 안에서도 친노 강경파 내부에서도 그들은 파벌 투쟁만 벌일 줄 알았지 화합이나 통합과 타협을 모릅니다.

　그동안 이들의 작태를 유심히 관찰하여온 유권자들은 선거가 있을 때마다 이들을 모조리 참패시킴으로써 경고를 해 왔지만 끝내 듣지 않고 고집만 세우다가 이번 4.29 재보선에서도 영패를 당한 것입니다.

　그러나 그들은 여전히 자기네 잘못을 시인할 줄 모르고 일체를 남의 탓으로만 돌릴 뿐입니다. 그래서 사람들은 그들을 보고 네 가지가 없는 사대부재(四大不在) 세력이라고 합니다."

　"그 네 가지가 무엇입니까?"

　"소통, 성찰, 반성, 책임입니다."

　"그러고 보니 그들의 주장은 역사상 저 유명한 스탈린, 히틀러, 모택동, 김일성과 같은 독재자들과 유사합니다. 그뿐 아니라 이들은 전용해 백백교 교주, 유병언 구원파 교주와 같은 사이비 종교 교주와도 비슷한 점이 있습니다.

　이들 사이비종교 교주들의 특징은 잘못을 저지르고도 일체 반성을 하는 일이 없습니다. 왜 그런지 아십니까?"

"모르겠는데요."

"그들은 바로 독재자나 사이비종교 교주의 영(靈)에게 빙의(憑依)
또는 접신(接神)되었기 때문입니다. 일단 접신이 되면 그 사람의 행
동거지는 접신된 영의 명령대로만 움직이게 되므로 제 정신을 잃게
되어 잘못을 저지르고도 반성이라는 것을 모릅니다. 따라서 그들 스
스로 반성과 내공(內功)이 불가능한 로봇이나 아바타와 허수아비가
되는 것입니다."

"그럼 정치인이 접신이 되었을 때는 어떻게 해야 합니까?"

"빙의나 접신에서 벗어나 제 정신을 차릴 때까지 정치 활동에서
일체 손을 떼게 해야 합니다. 정신질환자(精神疾患者)도 엄연히 환
자인데 현역에서 일하게 하면 그들의 사회적 위치 때문에 국민에 대
한 폐해만 엄청나게 증폭될 뿐입니다."

"그럼 그 정신질환을 앓는 정치인 환자를 어떻게 해야 정치 활동
에서 완전히 손을 떼게 할 수 있을까요?"

"그것은 유권자들이 잘 알아서 투표 행위로 결판을 내릴 수밖에
다른 묘안은 어디에도 없습니다.

요즘 우리나라 유권자들은 이러한 정신질환자들을 전문의사 못지
않게 귀신같이 가려내어 투표로 정확하게 결판을 내는 데 이골이 나
있습니다.

이와 같이 국가의 주인 의식이 살아있는 유권자들은 스스로 각자
에게 주어진 표 하나만으로도 사악한 정치인을 제때에 솎아내어 갈
아치움으로써 군주 시대의 군왕을 능가하는 권한을 당당하게 행사하

고 있습니다.

국민 각자가 지혜로운 나라의 주인 행세를 톡톡히 해내기만 한다면 이 나라는 국토와 국민이 존재하는 한 영원한 번영은 있을지언정 지구 환경이 허용할 때까지 멸망당하는 일은 없게 될 것입니다."

"그렇다고 해서 국민들은 속수무책으로 지금의 상태를 그대로 방관만 할 수는 없는 일이 아닙니까?"

"그러니까 현직에서 떠났던 야당 원로들과 뜻있는 민간단체들이라도 나서서 다음 세대의 젊고 야심 찬 정치인들이 활동할 수 있는 길을 터주어야 합니다.

선거 때마다 패배를 거듭하면서도 반성을 할 줄을 모르니까 책임을 질 줄도 모르는 문재인 대표는 대표 자리를 그대로 차지한 채 끝까지 투쟁만 하겠다고 믿기 어려운 다짐만하고 있습니다. 무엇을 위하여 끝까지 투쟁하겠다는 것인지 아리송합니다.

문재인 대표는 노무현 전 대통령이 이루려다가 실패한 일을 끝까지 계승하겠다고 다짐했습니다. 노무현 전 대통령이 한국을 사회주의화하려고 했던 것은 세상이 다 아는 일이고, 국민들은 536만 표의 표차로 노무현을 계승하겠다는 정동영 후보를 패배시킴으로써 이에 응답했습니다.

그들이 국민이 원하는 것을 관철하기 위해 끝까지 싸우겠다는 것은 분명히 아닌 것은 누구나 다 아는 이상, 주사파 이념과 사회주의를 위하여 위해서 끝까지 투쟁하겠다는 것이 틀림없다는 것은 그들의 입으로 솔직히 밝히지 않아도 국민들은 누구나 다 알고 있습니다.

사회주의는 이미 공산주의 국가의 발상지 러시아를 비롯하여 온 세계가 용도 폐기한 구시대의 이념입니다. 구세대는 제때에 물러나고 새로운 세대에게 길을 터주어 스스로 야당 안에 젊은 피로 신진대사가 원만히 이루어지도록 해야 주어야 합니다.

여야 양당 제도인 대한민국에서 야당이 이것을 제대로 못하니까 여당이 부패하더라도 원만한 정권 교체의 길이 막히므로 국민들은 나라의 장래를 걱정하지 않을 수 없습니다. 적어도 그러한 일은 막아야 합니다."

잠수함 발사 탄도미사일

2015년 5월 12일 화요일

우창석 씨가 말했다.

"아무리 비대칭 전력이라고는 하지만 우리나라의 40분의 1밖에 안 되는, 인천광역시 규모의 경제력을 가진 북한이 잠수함 탄도미사일을 시험 발사할 때까지 깜깜 무소식이다가 한방 얻어맞고 나서야 우리 군부가 당황해 하는 모습을 보니 참으로 한심한 생각이 듭니다.

우리 군은 북한 잠수함 침투를 막을 수 있는 대 잠수함 전력이 상당히 부족하다고 합니다. 이건 아무리 생각해 보아도 우리 군부의 직무 유기에 해당하는 중대 사항이 아닌가 합니다. 선생님께서는 어떻게 생각하십니까?"

"내가 들어 온 정보에 따르면 우리 군부가 그동안 북한의 잠수함 탄도미사일 개발을 모르고 있었던 것이 아니고 그들의 동향을 예의 주시하고 있었다고 합니다.

따라서 우리 군부가 놀란 것은 지금까지 다른 나라들에서는 잠수함 탄도미사일을 개발하여 실전 배치를 끝낸 뒤에 발표를 하는 것이 상례인데, 북한은 무슨 다급한 사정이 있었기에 시험 발사 장면을 미리 발표할 수밖에 없었던가 하는 것입니다.

반드시 그렇게 해야만 할 무슨 피치 못할 이유가 있었을 것입니다. 하긴 40m 물밑의 해저 바지선에서 탄도 미사일 발사 실험을 했다는 정보도 있습니다. 꼭 그렇게라도 해야 할 만큼 피치 못할 다급한 사정이 무엇인지 궁금합니다.

그러나 지금은 그런 것을 따질 때가 아니고 2년 후인 2017년에는 북한이 탄도미사일을 장착한 잠수함을 실전에 배치할 수 있을 것이라는 전망도 나오고 있으니 무슨 일이 있더라도 그 안에 효과적으로 이를 강력하게 제압할 수 있는 대응 무기 체계를 우리가 먼저 갖추도록 서둘러야 합니다."

"그렇게 하려면 막대한 비용이 들 터인데 그러한 값비싼 무기 체계를 구입할 자금을 어떻게 마련할 수 있겠습니까?"

"아무리 많은 비용이 든다 해도 한국은 북한에 비해 40배의 경제 규모를 가지고 있으니 어떻게 해서라도 자금을 마련해야 할 것입니다."

"국회에서는 국회선진화법에 묶여서 야당의 반대를 뚫고 나가기가 어려울 터인데요."

"그러나 잘하면 이번 기회를 전화위복(轉禍爲福)의 계기로 삼을 수도 있을 것입니다."

"어떻게요?"

"이번 기회에 정부와 애국 시민 단체들이 나서서 국방비 증액을 반대하는 국회의원 명단을 일일이 조사 공표하여 다음 총선 때 국민의 현명한 선택을 촉구하면 될 것입니다.

국회선진화법에 따르면 의석의 3분의 2, 다시 말해서 현재의 국회의석 300석 중에서 200석 이상을 차지하면 야당이 아무리 반대해도 안건을 통과시킬 수 있다고 합니다.

여론 조사를 통하여 국민 대다수가 새누리당과 정부의 견해를 지지한다는 것이 알려지면 지금부터라도 예비비를 확보해서라도 대 잠수함 무기 체계 도입을 서둘러야 할 것입니다. 그와 함께 과거사 문제와는 별도로 한 미 일 군사 공조도 강화해야 합니다.

1990년대에 레이건 미국 대통령이 소련에 대하여 '스타워즈' 군비 경쟁으로 소련을 결국 붕괴시켜버린 전략을 우리도 빈틈없이 구사할 수 있어야 합니다.

최선의 방법은 전쟁을 하지 않고도 이길 수 있는 유비무환(有備無患)의 전법입니다. 그래야 전쟁을 시작하기 전에 적을 제압함으로써 아예 처음부터 그들의 전의를 완전히 꺾어버릴 수 있습니다.

이렇게 하는 것이 적이 전쟁을 도발한 뒤에 쌍방이 피를 흘리면서 적을 이기는 것보다는 경제적으로 훨씬 더 싸게 먹히기 때문입니다."

"그러나 북한은 한국과의 전쟁에서 재래 전법으로는 승산이 없으니까 비대칭 전력 개발에 필사적으로 매달리고 있지 않습니까?"

"옳은 말입니다. 그렇다면 우리도 북한의 비대칭 전력 개발을 추적하여 이 분야에서도 그들을 사전에 압도해야 합니다.

미국은 군비경쟁에서 소련이 경제 파탄을 극복하지 못하고 스스로 굴복하여 공산주의를 포기하고 서구식 민주주의와 시장 경제 제도를 채택하지 않을 수 없게 만들었습니다.

우리는 유비무환의 자세로 동족과 또 다시 피를 흘리지 않고도 소련이 취하지 않을 수 없었던 길을 북한 스스로 걸어가도록 유도해야 할 것입니다. 그것이야말로 남북한이 다 같이 상생함으로써 육이오와 같은 전쟁을 두 번 다시 겪지 않는, 가장 현실적인 평화 통일의 첩경이 될 것입니다."

김정은과 궁예(弓裔)

2015년 5월 13일 수요일

우창석 씨가 말했다.

"러시아 통으로 이름난 북한의 현영철 인민무력부장이 4월 30일에 구속된 지 단 사흘 만에 아무런 재판이나 심의 과정도 거치지 않은 채 기관포로 그의 가족을 위시하여 수백 명의 동료들이 지켜보는 가운데 무참하게 처형되었습니다.

그렇게 함으로써 이태 전 2013년에 중국 통으로 소문난 장성택의 경우처럼 그의 모습은 형체도 없이 지상에서 깡그리 사라져버렸다고 합니다. 김정은의 심복과 고위 관리 처형 수법은 후삼국 시대의 궁예(弓裔)의 측근에 대한 병적인 잔혹한 처형 방식을 훨씬 능가합니다.

그뿐 아니라, 그는 북한의 김씨 왕조의 세 번째 왕으로 등장한 2012년에 17명, 2013년에 10명, 2014년에 41명, 2015년 중반인 지금까지 벌써 15명 등 총 83명의 측근 고위 관료들을 가장 야만적이고도 잔혹하게 처형함으로써 세계를 놀라게 했습니다.

더구나 2012년에 김정일 사망 당시 그의 시신을 운구한 7인방 측근 중 지금까지 살아남은 사람은 겨우 둘뿐입니다. 현영철이 그렇게 갑자기 처형된 것은 북한 언론이 보도한 대로 김정은이 연설하는 회의장에서 단순히 졸았기 때문만은 아닌 것 같습니다.

   김정은이 아무리 측근 고위 관료 죽이기를 파리 잡듯 한다고 해도 회의 중에 졸은 것 외에 다른 이유가 분명히 있을 것이라 생각됩니다.
   중국 통으로 알려진 장성택이 처형된 이유가 김정은이 연설할 때 박수를 건성건성 쳤기 때문이라고 했지만 실은 그가 중국의 내응으로 북한에 친중 정권을 세우려고 한 것이 진짜 이유였던 것처럼 현영철의 갑작스런 처형의 진짜 이유도 그와 비슷한 것이 아닐까요?
   장성택의 처형 이유가 북한에 친중 정권을 세우려는 것이었다면 현영철 처형의 진짜 이유는 북한에 친러 정권을 세우려는 의도가 발각된 것이 아닐까 하는 생각이 듭니다.”
   “그러나 중국은 육이오 참전으로 수많은 중공군이 희생되는 등 북한에 친중 정권을 수립할 만한 이유가 있었지만 러시아도 그럴 만한 이유가 있었을까요?”
   “있고 말고요. 러시아는 중국보다 더 다급한 현실적인 이유가 있습니다.”
   “그게 무엇이죠?”
   “러시아는 지금 우크라이나 문제로 유럽연방 국가들의 강력한 반대와 제재에 부딪쳐 시베리아 산 가스와 석유의 대서방 수출 길이 꽉 막혀버리는 통에 당장 경제적으로 격심한 타격을 받고 있습니다. 이에 대한 유일한 해결책은 시베리아 산 가스와 유류를 한국과 일본에 수출하는 방법밖에 다른 길이 없습니다.
   그러자면 시베리아와 북한을 경유하는 송유관, 가스관 및 철도를 남북한을 경유하여 부산에까지 부설하는 것이 꼭 필요합니다. 따라서 러시아로서는 중국 이상으로 북한에 항구적인 친러 정권 수립이 초미의 관심사가 아닐 수 없습니다.

한편 김정은은 가스관, 송유관, 철도 부설을 허가하는 대신 자기네가 필요로 하는 러시아 산 첨단 무기를 중국처럼 물물교환 형식으로 해 주기를 요구했지만 러시아는 그것을 거절하고 자기네가 절실히 필요로 하는 외화 결재를 요구했을 가능성이 있습니다.

이것 외에도 현영철이 자주 러시아를 왕래하는 임무를 수행하는 동안 김정은을 화나게 함으로써 잠수함 탄도 미사일 실험을 조작해야 할 만큼 다급한 사정이 틀림없이 있었을 것으로 보입니다."

"그것이 무엇일까요?"

"미구에 한국이 통일되면, 아니 그 전에라도 밝혀질 때가 있겠죠."

"통일이 그렇게 쉽게 이루어질까요?"

"외신들은 앞으로 3년 안에 통일이 될 것이라고 보도하고 있지만 내가 보기에는 김정은의 심복에 대한 잔혹한 처형이 계속되는 한 그와 같은 일이 앞으로 지금보다 더 자주 일어날 것이고 그렇게 되면 궁예의 심복 부하들이 그랬던 것처럼 그들도 살아남기 위해서 불가피하게 무슨 자구책(自救策)이든지 강구하지 않을 수 없을 것입니다."

"궁예의 심복 부하들은 그때 어떻게 했죠?"

"궁예의 심복 부하들은 참다못해 결국은 극비리에 왕건(王建)을 새 주군으로 내세우고 궁예를 추격했습니다. 급보에 접한 궁예는 잠옷 차림으로 허겁지겁 산속으로 도망치다가 산골 마을 농민들에게 붙잡혀 몰매를 맞고 죽었습니다.

지금 살아남은 김정은의 측근들도 죽기를 싫어하는 사람의 속성상 (屬性上), 그들도 미구에 뻔히 죽을 것을 알면서 자기 앞줄에 선 동료들이 차례차례 눈 앞에서 고사포와 화염방사기로 흔적도 없이 땅 위에서 사라져가는 것을 강 건너 불구경하듯 멍청하게 바라보기만 하려고는 절대로 하지 않을 것입니다.

무슨 일이든지 극즉반(極卽反)이라고 극(極)에 달하면 반드시 반작용이 있게 마련이고, 오르막이 있으면 내리막이 있듯이 죽음에 대한 공포가 극에 달하면 반드시 생존 본능을 수반한 분노가 치미는 것이 인지상정(人之常情)이기 때문입니다.

바로 그 공포가 분노로 바뀌는 시점이 김씨 왕조의 종말이 될 것입니다. 이 분노야 말로 70년 동안 계속된 개인 우상화 작업으로 형성된, 이 비극의 원인인, 김씨 왕조를 뒤집어엎으려는 민중 봉기로 자연스럽게 이어질 것입니다.

이 인민 봉기에 군대가 가담함으로써 1990년대에 소련의 붕괴에 뒤이어 동유럽 공산위성국인민들과 군인들이 들고 일어나 독재자를 모조리 다 타도하고 자연스럽게 개혁 개방의 길을 선택했습니다.

그러나 분단국인 동독 인민들은 서독으로의 대량 탈출로 서독이 흡수 통일되는 길을 스스로 택하게 했습니다. 북한도 동독 인민들과 비슷한 길을 걷지 않을 수 없게 될 것입니다.

이로써 1945년 2월 얄타 협정에서 전승국인 미 소 양국이 제멋대로 만들어 놓은 한국 민족에 대한 인위적 분단의 비극은 육이오와 휴전, 한국의 선진국으로의 비약적인 발전 등 수많은 사건들을 거쳐

약 70여년 만에 드디어 종말을 고하게 될 것으로 보입니다."

역사 찾기의 중요성

"한국 분단이 북한 주민들과 군대의 힘으로 해소된 후에 장기간에 걸친 남북 사이의 소통 부재로 야기된 이질감과 국민소득 수준도 한국의 기술과 자본의 대량 투입으로 북한이 산업화되어, 남북의 생활 수준이 어느 정도 비슷해지고 실질적인 통일이 완성된 후에 제일 먼저 우리가 착수해야 할 일이 무엇이라고 보십니까?"

"중국과 일본에 의해 왜곡 또는 날조되었던 우리나라 역사를 되찾는 일입니다. 우리나라 역사를 가장 먼저 왜곡하고 날조한 나라가 중국입니다. 중국은 이미 한(漢)나라 때부터 우리 역사를 본격적으로 날조하기 시작했습니다.

한나라 때에 쓰여진 사마천(司馬遷)의 '사기(史記)에서부터 국가단위로 우리 상고사가 본격적으로 왜곡되었는데, 중국 사서의 고전(古典)이라 불리는 이 사서가 집필된 시기는 중원 대륙의 동쪽의 조선족과 서쪽의 한족의 투쟁이 치열했던 서기 전 141년 이후 한무제(漢武帝) 때부터였습니다.

당시 한나라는 조선으로 연속적으로 많은 군대를 파견했지만 그때마다 패배만 거듭했습니다. 군사력으로는 도저히 당해낼 수 없다고 생각한 한나라는 뇌물로 이간질을 하는 비열한 수법으로 위만조선의 우거를 멸망시킨 뒤에 그 땅에 군현을 설치하려 했지만 그것마저 배달족의 줄기찬 항쟁으로 수포로 돌아갔습니다.

그 분풀이로 한나라는 두 나라 역사의 위상을 감쪽같이 뒤바꾸어 버림으로써 사기를 치는 수법을 구사했습니다. 이것을 실행한 사람이 바로 무제(武帝)의 사관(史官)인 사마천(司馬遷)이었습니다.

그 역사 기록이 바로 한족의 시조인 황제헌원(黃帝軒轅)과 배달국의 천자인 치우(蚩尤)의 전쟁으로 시작되는 오제본기(五帝本紀)입니다.

치우는 세속에서 부르는 별칭일 뿐이고 이 분이 바로 배달국의 14세 자오지(慈烏支) 천황입니다. 그리고 황제헌원은 바로 한족(漢族)이 그들 역사의 시조로 받드는 인물입니다. 헌원은 원래 배달의 신농씨(神農氏)의 후손이고 신농씨 나라의 마지막 8대 왕은 염제유망(炎帝楡罔)이었습니다.

이 나라가 쇠망하게 되자 치우천황은 큰 뜻을 품고 서쪽으로 진출하여 여러 제후국들을 차례로 정복하고 마침내 유망의 수도인 공상(空桑, 하남성 진류)을 함락했습니다. 크게 패한 유망이 탁록(涿鹿, 하북성)으로 도망치자 또 다시 진격하여 일거에 정복해버렸습니다.

이때 천자인 치우천황의 공상 입성 소식을 듣고 치우의 일개 제후인 헌원이 독자적인 천자라도 되는 양 치우천황에게 대항해 왔습니다. 이로 인해 저 유명한 동방 고대사의 탁록대결전(涿鹿大決戰)이 전개됩니다.

사마천의 '사기'에서는 당시의 상황을 '치우작란(蚩尤作亂)'이라고 하여 사실을 완전히 뒤바꾸어 왜곡했습니다. 그러나 유망의 제후인 헌원 자신이 '천자가 되겠다'는 야심을 품고 군대를 일으켜 치우천황에게 싸움을 걸어 온 것이므로 '황제작란(黃帝作亂)'이라고 해야 역사의 진실이 되는데 이를 뒤바꾸어 놓은 것입니다.

치우천황은 일찍이 갈노산, 웅호산에서 쇠를 캐어 투구, 갑옷, 칼, 창 등을 만들어 당시로서는 최첨단 무기를 사용하였기 때문에 10년 동안에 73회의 전투가 벌어졌는데도 계속 이길 수 있었습니다. 게다가 도술(道術)로 안개를 만들어 헌원군을 큰 혼란에 빠뜨림으로써 대승을 거두었습니다.

이에 헌원은 치우천황을 본받아 병기와 갑옷을 만들고 지남차(指南車)를 만들어 대항했습니다. 그러나 이때 치우천황은 대격전 끝에 대승을 거두고 헌원을 사로잡아 신하로 삼았습니다. 그러나 이 전투 중에 치우천황의 장수 치우비(蚩尤飛)가 헌원군에게 성급하게 공격을 시도하다가 적진 속에 깊숙이 들어가 포위되어 전사했습니다.

사마천은 사기(史記)에서 이것을 '헌원이 치우천황을 사로잡아 죽였다'고 기록함으로써 고대 역사상 최대의 사건을 왜곡 날조한 것입니다. 그러나 이것이 순전한 거짓이었음은 그 후의 동양사의 전개과정을 보면 자연스레 명백해집니다.

치우천황은 배달족은 말할 것도 없고 진(秦), 한고조(漢高祖) 유방(劉邦)과, 그 후 한(漢) 시대의 역대 중국 왕조와 백성들의 숭배의 대상이 되었고, 그들은 해마다 10월이 되면 산동성 동평군에 있는 높이 일곱 길이나 되는 치우능(蚩尤陵)에 제사를 지냈습니다. 이 때에는 항상 붉은 기운이 뻗치므로 이를 치우기(蚩尤旗)라고 불렀던 것(史記, 漢書)만 보아도 알 수 있습니다.

게다가 한고조 유방은 자기 고향의 풍속에 따라 동방 무신(武神)의 원조(元祖)인 치우천황에게 반드시 제사를 지낸 뒤에라야 군사를 일으켰습니다.

그리고 5년 동안 항우(項羽)와 싸우다가 마지막 한 판의 승리로 제위에 오른 그는 장안에 치우천황 사당을 짓고 더욱 돈독하게 공경하였습니다.(史記, 封禪書)

만약에 사마천의 사기의 기록대로 치우천황의 부하 장수인 치우비가 아니라 치우천황 자신이 헌원에게 사로잡혀 죽었다면 이처럼 배달족과 한족들에 의해 장기간에 걸쳐 추앙을 받을 수는 없는 일입니다.

한편 치우천황의 신하가 된 헌원은 동방 배달의 청구(靑邱, 치우천황 때의 도읍, 그 후 배달국의 별칭)에 이르러 풍산(風山)을 지나다가 치우천황의 국사(國師)인 자부선인(紫府仙人)의 가르침을 받고 음부경(陰符經)이라 불리는 삼황내문(三皇內文)을 전수받았다(抱朴子, 地眞)고 합니다. 이처럼 배달국의 종교와 문화를 전수받음으로써 헌원은 황로학(黃老學)이라 불리는 도교의 시조가 되었습니다.

그 당시에는 헌원뿐만 아니라 공공(共工), 창힐(蒼頡), 대요(大撓) 등이 모두 동방 배달에 와서 자부선인으로부터 가르침을 받았건만 거의 대부분의 중국 사서들은 이것을 철저하게 날조하여 헌원의 공적으로 돌리고 있습니다.

또 사마천은 단군조선에서 통용되는 "단군천황"이라는 말을 쓰기 싫어서 '천신(天神)'이라는 아리송한 단어로 얼버무렸습니다. 그뿐 아니라 배달국, 청구국, 단군조선과 같은 정식 국가 명칭을 쓰지 않고 항상 동이(東夷), 동호(東胡), 말갈(靺鞨), 북적(北狄), 서이(西夷)와 같은 이웃 나라를 무조건 깎아내리고 모욕하는 비칭(卑稱)만을 사용했습니다.

사마천이야 말로 배달족의 눈으로 볼 때, 한족의 우월성만을 무턱대고 내세우고 이웃 나라들을 턱 없이 모독하고 깎아내리는 화이(華夷) 사상에 투철한, 휘치필법(諱恥筆法)만을 구사한 속물(俗物), 저질(低質)의 중화(中華)적 국수주의자(國粹主義者)일 뿐입니다.

2천여 년 전 사마천의 한국사 왜곡 날조의 고약한 전통은 오늘날에도 한족들에 의해 고스란히 계승되어 최근엔 동북공정으로 현대 중국 사학자들은 고구려와 발해 제국(帝國)의 역사를 한갓 지방정권으로 폄하 날조하고 있습니다.

사마천에 의해 날조된 우리 역사는 일제강점기에 이마니시 류(今西龍)와 쓰다 소키치(津田左右吉) 같은 일본 식민사학자들에 의해 이중삼중으로 만신창이가 되었습니다.

이마니시 류는 삼국유사의 첫머리에 나오는 '옛날에 환국이 있었다'는 '석유환국(昔有桓國)'이라는 구절을 '옛날에 환인이 있었다' 즉 '석유환인(昔有桓因)'으로 활자 바꿔치기를 함으로써 한국 상고사 7천년을 단숨에 날려버린 공적을 세웠다고 하여 일본 왕의 상금까지 받은 가장 악질적인 식민사학자입니다.

그리고 쓰다 소키치는 한국 합병을 합리화하려고, 한반도 남부에 임나일본부라는 일본 통치 기구가 서기 4 내지 5세기경 있었다는 허무맹랑한 '일본세기(日本世紀)' 기록을 믿고 삼국사기(三國史記)를

아무리 뒤져 보아도 그런 꼬투리를 전연 찾아낼 수 없게 되자 삼국
사기의 초기부터 5세기까지의 기록은 믿을 수 없다고 하여 삼국사기
(三國史記)에서 5세기 이전 기록은 아예 잘라내 버리고 말았습니다.

그러자 쓰다의 충성스러운 한국인 제자인 김원용이라는 고고학자
는 한국에서 출토되는 서기전 5세기 이전의 유물의 출처를 고구려,
신라, 백제에서 나왔다고 기록하지 못하고 역사상 존재하지도 않았
던 원삼국(原三國)이라는 가상의 공간을 만들어 원고구려(元高句
麗), 원신라(元新羅), 원백제(元百濟)에서 나왔다고 주장했고, 그가
죽은 후에는 그의 제자들에 의해 지금도 그렇게 사용되고 있고 교과
서에도 그렇게 나와 있습니다.

이처럼 중국에 의해 날조된 우리 상고사와 함께 일제 강점기에 일
본에 의해 170년 동안, 약탈당했던 우리 역사의 진실을 되찾는 일이
우리가 기필코 수행해야 할 과제입니다.

이처럼 지금 각급 학교에서 가르치는 잘못된 가짜 역사 교과서를
대대적으로 개정하는 대사업이야말로 범국가적인 과업으로 바로잡아
야 합니다.

그렇게 하자면 무엇보다도 먼저 우리 조상들이 대륙에 살면서 기
록해 놓은 환단고기, 삼국사기, 삼국유사, 고려사, 조선왕조실록, 동
국여지승람에 기록된 그대로의 역사를 되찾는, 역사 복원 공사가 대
대적으로 선행되어야 합니다.

이러한 역사 복원 작업이야 말로 다른 그 무엇보다도 필수불가결
한 시급한 일입니다.”

"한 민족에게 역사란 도대체 무엇입니까?"

"우리 역사는 우리 민족정신의 핵심입니다. 그러므로 반드시 진실 그대로 복원되어야만 앞으로 무한하게 재도약해야 할 민족 에너지의 구심점, 다시 말해서 정신 전력이 될 수 있습니다. 동시에 역사란 우리의 족보이고 등기부등본이고 주민등록증이기도 합니다.

따라서 역사 찾기야 말로 우리나라가 지구촌을 이끌어 나갈 지도국이 되려면 무슨 일이 있어도 꼭 성취해야 할 과제입니다."

"그런데 선생님, 우리나라는 일제강점시기를 벗어난 지 70년이 되었건만 아직도 반도식민사관으로 쓰여진 역사를 학교에서 그대로 가르치는 것을 보면 한국 역사 분야만은 일제시대와 조금도 달라진 것이 없지 않습니까?"

"그렇습니다. 해방과 더불어 일제에게 빼앗겼던 국토와 우리말과 우리글과 우리의 성과 이름과 재산 등 모든 문화재가 우리에게 되돌아왔지만 조선총독부 조선사편수회에 의해 조직적으로 강탈당했던 우리의 역사만은 전연 환수되지 못하고 있습니다.

그것을 가장 구체적으로 입증해 주는 것이 지금도 각급 학교에서 이용되는 국사 교과서가 일제가 우리 민족을 영원히 일본의 노예로 길들이기 위해서 이마니시 류나 쓰다 소키치 같은 가장 악질적인 일제 어용(御用) 사학자들이 만든 반도식민사관으로 교육을 받은 한국인 친일 사학자들에 의해 지금도 집필되고 있다는 엄연한 사실입니다.

나라가 외국의 강점 상태에서 해방이 되었다면 당연히 강점자들이 식민지 통치를 위해서 만들어 놓은 가짜 역사부터 제일 먼저 폐기하여 불태워 버리고, 잃었던 우리 역사부터 되찾아야 마땅하건만 그러한 가짜 역사를 해방된 지 70년이나 지났는데도 아직까지 그대로 각급 학교에서 가르치고 있습니다."

"도대체 왜 그렇게 되었습니까?"

"일제 강점 35년 동안 일본은 한국 역사를 왜곡 날조하는 사업을 범국가적인 사업으로 보고 온 국력을 기울여 대대적으로 집행했을 뿐만 아니라 이로 인하여 우리의 민족 사학자들은 조직적으로 말살되어 거의 학문의 대(代)가 끊어졌습니다.

해방이 되었어도 조선총독부 조선사편수회가 날조해 놓은 조선사(朝鮮史) 36권을 파기해 버리고 진정한 우리 역사를 내놓을 정도로 유능한 정치 지도자와 사학자들을 지금껏 우리는 갖지 못했습니다.

더구나 이승만 대통령은 해외 망명 생활만 하다 보니 국내에 정치 기반이 없었으므로 친일 분자들의 협조로 정부를 꾸려나갈 수밖에 없었습니다.

일제 어용 사학자들에게서 역사를 전수받은 이병도, 김원용을 비롯한 한국인 반도식민 사학자들은 이들 친일파 정치인들을 등에 업고 계속 활개를 칠 수밖에 없었습니다.

더구나 이승만 대통령은 정부 수립 후 겨우 3년 만에 북한의 남침으로 임시 수도를 부산으로 옮길 수밖에 없었습니다. 휴전이 된 후 박정희 시대에는 재야 민족 사학자들이 '자유(自由)'라는 월간지를 통하여 역사 찾기 운동을 벌였지만 식민 사학자들의 준동으로 정부 당국의 관심을 끌지 못했습니다.

   그러는 사이에 역사 찾기 운동을 주도했던 문정창, 안호상, 박시인, 임승국, 박창암 같은 쟁쟁한 재야 민족 사학자들은 역사 광복을 이루지 못한 원한을 품은 채 노령으로 한분 두분 모두 다 세상을 등져버렸습니다.

   요즘은 증산도 산하의 민족 사학자들과 김종윤 재야 사학자를 중심으로 한 젊은 사학자들이 우리 역사 복원을 위해 활동하고 있습니다."

   "그래 가지고 어느 세월에 무슨 성과를 올릴 수 있겠습니까?"

배사율(背師律) 어긴 국가들

"그렇지만 지금은 129,600년마다 어김없이 찾아오는 지축정립(地軸正立)의 후천 개벽기(開闢期)를 앞둔 원시반본(元始返本)의 시대이므로 가까운 시일 안에 틀림없이 크나 큰 변화가 기필코 일어나게 되어 있습니다.

이 우주를 지배하는 보이지 않는 원리 중에서 죄를 진 사람에게 과해지는 인과응보 외에 배사율(背師律)을 범한 개인이나 국가는 특별히 무사할 수 없게 되어 있습니다.

더구나 자기 나라에 선진 문화를 전수해준 이웃 나라를 침략하여 국가 단위로 그 나라의 역사를 왜곡, 날조하고 사기를 친 행위는 더욱더 그렇습니다.

일본처럼 배사율을 범한 나라가 미국과 같은 초강대국이라면 히로시마 나가사키의 원폭 투하처럼 군사력으로 보복을 받을 수 있겠지만, 한국처럼 아직은 중국이나 일본보다 약할 때는 하늘이 기필코 용납하지 않게 되어 있습니다.

그러나 중국과 일본에게 빼앗겼던 역사만은 무슨 일이 있어도 우리 자신의 힘으로 되찾아야 합니다. 특히 서세동점기(西勢東漸期) 이후 수많은 약소국들이 제국주의 강대국들에 의해 강점되어 식민지가 되어 온갖 것을 약탈당하는 비극을 겪었습니다.

도전(道典)에는 다음과 같은 내용이 실려 있습니다.

'일본 사람이 미국과 싸우는 것은 배사율(背師律)을 범하는 것이므로 장광(長廣) 팔십 리가 불바다가 되리라.(도전 5: 119)

'일본은 불로 치리니 종자도 못 찾는다' 하시니라.'(도전 5: 406:9)

선진국에게서 전수받은 기술을 이용하여 강대국이 되어 그 기술을 가르쳐 준 스승의 나라를 역습함으로써 배사율을 범한 나라로는 일본이 대표적입니다.

미국의 도움으로 서구화된 일본은 그 죄로 2차 대전 말기에 히로시마와 나가사키에 세계에서 처음으로 미국의 원자탄 세례를 받음으로써 배사율을 범한 혹독한 대가를 치렀습니다.

'일본은 불로 치리니 종자도 못 찾는다'는 증산 상제님의 예언은 다가올 개벽 시기에는 일본이 화산 폭발로 입을 재난을 예언한 것입니다.

그러나 한국과 일본과의 관계는 미국과 일본과는 다릅니다. 일본은 3세 단군 가륵 10년 서기전 2173년에 우수국(牛首國)의 협야노라는 자가 삼도(三道) 즉 일본으로 도망쳐 스스로 천황이라고 칭한 이래 내내 한국으로부터 문화와 기술을 전수받았지만 한국에 대하여 국가 단위로 배사율을 범한 것은 1592년 임진왜란 때부터였고 그 다음은 1876년 강화도조약을 체결한 후부터 침략은 본격화되었습니다.

그 후 1910년 경술국치부터 시작되어 1945년의 해방까지 35년 동안의 일제 강점기가 있습니다. 일본은 분명 이 동안에 스승의 나라 한국에 범한 배사율에 대한 대가를 아직 치르지 않았습니다.

그뿐만 아니라 요즘에 와서도 자행되는 한국사 왜곡 날조, 위안부, 독도 문제들에서는 그 죄업을 줄이기는커녕 한층 더 가중시키고 있습니다. 그 이유는 스승의 나라 한국의 국력이 미국처럼 일본을 응징할 만큼 강력하지 못했기 때문입니다.

그러나 하늘은 배사율을 계속적으로 범한 나라를 언제까지나 그냥 내버려 두지는 않는다는 것을 도전은 경고하고 있습니다."

"그럼 중국은 어떻게 됩니까?"

"중국은 무려 7천년 동안이나 한국으로부터 한자를 비롯한 현재의 중국문화의 모태가 된 이루 헤아릴 수 없이 많은 선진 기술과 문화를 전수받고도 춘추전국 시대부터 연(燕)나라가 우리나라를 침략했고 더구나 2천여 년 전 한나라 때의 사마천의 사기(史記)에서 현재의 동북공정에 이르기까지 이미 한국사를 조직적으로 왜곡 날조한 죄를 범하고 있습니다.

도전에는 중국의 미래에 대하여 다음과 같이 말하고 있습니다.

'내가 거처하는 곳(조선)이 천하의 대중화(大中華)가 되나니 청나라(중국)는 여러 나라로 나뉠 것이니라.(도전 5: 325: 14)

'중국은 동서양이 오가는 발길에 채여 그 상흔(傷痕)이 심하니 장차 망하리라. 이는 오랫동안 조선에서 조공을 받는 죄로 인함이니라. (도전 5: 402: 7-8)

여기서 도전은 배사율을 범한 죄 때문이라고 꼭 집어서 지적하지는 않았지만 조선에서 조공을 받은 죄로 중국은 앞으로 여러 나라로 분열되어 망하리라고 예언하고 있습니다.

만약에 중국이 한국에 대하여 배사율을 범하지 않은 대등한 관계였다면 중국이 한국으로부터 조공을 받은 것이 죄가 될 수 없었을 것입니다.

그러나 우리는 하늘이 관장하는 그러한 자연재해가 일어나기 전에 우리들 스스로 잃었던 역사를 바로잡는 과업을 국가적인 사업을 능동적으로 그리고 창의적으로 전개해야 할 것입니다. 그렇게 하는 것이 진인사대천명(盡人事待天命)의 이치에도 부합됩니다."

중국을 통째로 먹으려던 영국

"그럼 17세기부터 자기네보다 역사가 오래된 인도를 식민 통치하기 시작한 영국은 인도에 대하여 배사율을 범하지 않았습니까?"

"영국은 인도로부터 기술과 문화를 전수받은 일은 없으므로 배사율과는 아무 관계가 없습니다. 그러나 그 후 영국이 인도에 뒤이어 동아시아로 진출하여 인도보다도 더 큰 중국을 식민지로 만들 야심을 품고부터는 인도에 대한 3세기 동안의 영국의 통치 방식에서 얻은 경험을 반성을 하게 되었습니다.

영국은 광활한 인도를 효과적으로 통치하기 위해서 여러 부족 국가들을 나누어서 다스리는 분할통치(divide and rule) 방식을 구사하여 왔으나 어려움이 많았습니다.

이에 대한 반성으로 인도보다도 훨씬 더 광대한 중국을 효과적으로 통치하기 위해서 아예 중국 전체를 한 덩어리로 통치하는 방식을 택하기로 했습니다.

여기에서 착안한 것이 중원 대륙의 선주민으로서 중국 대륙을 7천년 동안 다스리다가 2천 3백년 전 한나라 때부터 중국과 대등한 국가가 되었고, 그 후 차츰 중국보다 약해졌지만 여전히 토주대감으로 위세를 떨치고 있던 중원의 동부를 차지하고 있던 조선을 영국은 한반도로 아예 멀찌감치 추방하여 버리기로 작정했습니다.

당시 전세계 각지에 식민지를 가지고 있어서 해가 질 줄 모르는 초강대국이었던 대영제국은 아편전쟁에서 배상금으로 받은 홍콩을 교두보로 삼아 하나의 통일된 국가 단위로 중원 대륙을 통째로 먹으려고 9100년 동안 중원 대륙의 또 다른 주인이었던 조선을 한반도로 추방하는 데 신흥 강국 일본을 앞잡이로 이용했습니다.

그러나 만주족이 세운 청조(淸朝)를 쓰러뜨린 손문(孫文)의 신해혁명에 뒤이은 장제스, 마오쩌둥, 덩샤오핑, 장쩌민, 후진타오, 시진핑 등의 대두로 대영제국의 꿈은 무참히 깨어져 버리고 그들의 교두보였던 홍콩까지도 최근에 중국에 반환할 수밖에 없는 궁지에 몰리게 되었습니다.

동시에 1차 대전 이후에는 지구촌의 초강대국 지위도 미국으로 넘어가고 전세계 곳곳에 널려있던 그 많던 영국의 식민지들은 거의 다 독립을 하여 빈털터리가 되었습니다."

미래의 한국과 미국의 위상

"그럼 영국과 중국은 그렇게 되었다 치고 앞으로 대한민국과 초강대국 미국의 위상은 어떻게 됩니까?"

"세계의 대부분의 석학들이 앞으로 50년 안에 중국이 미국을 경제적으로 추월하리라고 예상함으로써 중국이 미국의 위상을 대신 승계하리라고 내다보고 있지만 도전(道典)은 전연 그렇게 말하고 있지 않습니다."

"그럼 도전은 뭐라고 말하고 있습니까?"

"도전은 다음과 같이 말하고 있습니다.

'무명악질(無名惡疾)이 돌면 미국은 가지 말라고 해도 돌아가느니라. 이마두(利瑪竇)가 선경(仙境)을 건설하기 위해 도통신과 문명신을 거느리고 화물표를 따라 동방 조선으로 돌아오리니 신(神)이 떠난 미국 땅은 물 방죽이 되리라.'(도전 5: 406: 6 - 8)

'장차 우리나라 말과 글을 세계 사람이 배워 가리라… 우리나라 문명을 세계에서 배워가리라. (도전 5: 11: 3 - 6)

위 인용문들을 요즘 말로 알기 쉽게 풀어 쓰면 다음과 같습니다.

'지축정립(地軸正立) 즉 개벽기에 이름 없는 무서운 전염병이 돌게 되면 주한미군은 돌아가지 말라고 해도 스스로 알아서 제 발로 돌아갈 것이다.

마테오 리치 신명(神明)이 지상선경(地上仙境)을 건설하기 위해서 도통신(道通神)과 문명신(文明神)을 거느리고 미리 정해진 일정표에 따라 동 아시아의 한국으로 돌아올 것이며, 신(神)이 떠난 미국 땅은 물 방죽 즉 물 바다가 되리라. 다시 말해서 대부분의 미국의 육지는 바다로 변할 것이다.

앞으로 우리나라의 말과 글은 지금 세계 공통어로 사용되는 영어와 영자 알파벳처럼 전세계 사람들이 배우게 될 것이다. 그리고 한국의 기술과 문화를 세계인이 배워가게 될 것이다. 다시 말해서 앞으로 때가 되면 미국과 한국의 위상은 지금과는 정반대로 서로 뒤바뀌게 된다'는 얘기입니다."

"과연 그렇게 될까요?"

"지금으로선 그건 우주의 지배자이신 하느님밖에 모르는 일입니다. 그러나 제대로 도를 닦는 구도자라면 그가 느끼는 하늘의 기운만으로도 그 여부를 감지할 수는 있습니다."

"선생님은 혹시 그것을 감지할 수 있습니까?"

"내가 지금 이 자리에서 확실하게 말할 수 있는 것이 있습니다. 그것이 무엇인가 하면 복잡하기 짝이 없는 한자를 사용하는 중국인은 인터넷 교신을 하는 데 있어서 한글을 이용하는 한국인보다 7배가 느립니다.

그들이 만약 한글을 중국어의 표현 수단으로 이용만 한다면 그 속도가 당장 7배가 빨라질 수 있습니다. 영어 원어민들도 지금 쓰는 알파벳 대신에 한글을 쓰면 적어도 2배 이상은 속도가 빨라집니다.

한글은 그 과학성과 실용성 때문에 인도네시아의 찌아찌아족 외에
도 자국어의 표현수단으로 채용하는 나라가 점차 늘어나게 될 것입
니다. 6백년 전에 한글을 창제한 세종대왕의 혜안에 감탄 안 할 수
없습니다.

이런저런 이유로 내가 한국이 크게 두각을 나타낼 낌새를 전연 느
끼지 못한다면 무엇이 안타까워서 남들이 누구나 다 의문시하는 한
국의 미래의 일을 이렇게 계속 늘어놓고 앉아 있겠습니까?”

“무슨 뜻인지 대강이나마 알 것 같습니다.”

노건호 대 김신(金信)

2015년 5월 26일 월요일

우창석 씨가 말했다.

"23일 경남 김해 봉하 마을에서 열린 노무현 전 대통령 6주기 추도식에서 노 전대통령의 아들 건호 씨는 상주로서 집권당 대표로 처음 추도식에 참가한 새누리당 김무성 대표에게 '권력으로 전직 대통령을 죽음으로 몰아넣고는 반성도 안 했다'고 맞대놓고 날 선 공격을 퍼부었습니다.

극도의 분노로 핼쑥해진 그의 안색으로 보아 어떠한 형태로든 아버지에 대한 복수를 할 결의가 되어 있음을 내비치는 것 같아서 섬뜩했습니다.

장례식이나 추도식에 참석한 조문객에게는 그가 비록 사생 결투를 벌이던 적장(敵將)이라고 해도 예의를 갖추어 정중하고 엄숙하게 대접하는 것이 대대로 이어져 오는 우리나라의 예절입니다.

그런데도 조문객들에게 상주가 인사를 나누면서 지나가는 절차에서도 그의 어머니인 권양숙 씨는 김무성 대표와 악수를 나누었는데도 노건호 씨는 김무성 대표와는 악수도 하지 않고 허리만 굽히는 듯 마는 듯 빠르게 스쳐 지나가는 것이 카메라에 포착되었습니다. 여기서 또 한번 섬뜩한 장면을 접하면서 어떻게 그럴 수 있을까 하는 착잡한 생각이 들었습니다. 결과적으로 대권 후보자로서의 김무성 대표의 인기도만 더 오르게 했을 뿐입니다.

노건호 씨는 아버지가 김정일을 만났을 때 NLL을 포기하는 약속을 하지 않았다고 강변했는데 사실일까요? 그때 노 전 대통령은 김정일에게 다음과 같이 말했습니다.

'NLL 문제가 남북문제에 있어서 나는 제일 큰 문제라고 생각하고 있습니다. NLL은 바꿔야 합니다. NLL이라는 것이 이상하게 생겨 가지고, 무슨 괴물처럼 함부로 못 건드리는 물건이 돼 있거든요. (김정일이 NLL 포기 의사를 확인하자) 예, 좋습니다. 나는 지난 5년 동안 북핵 문제를 둘러싼 북측 입장을 가지고 미국하고 싸워왔고, 국제무대에서 북측 입장을 변호해 왔습니다. 다음 대통령이 누가 될지 모르니까 뒷걸음치지 않게 쐐기를 박아놓자…'

매스컴을 통해서 온 국민이 다 알고 있는 위와 같은 아버지의 말이 노건호 씨의 귀에는 들리지 않았다는 얘기인지 명확한 대답을 해야 할 것입니다.

우리나라 헌법 전문에 '대한민국은 상해 임시정부를 계승했다'고 했으니 김구 선생은 1945년 해방될 때까지 임시정부 주석을 지냈으므로 전직 대통령을 지낸 분과 같습니다.

김구 선생에게 갑자기 권총 4발을 쏘아 영영 세상을 등지게 한 김구 선생의 측근이었던 안두희 소위가 만약 김구 선생 6주기 추도식에 조문객으로 참석했다면 상주인 김구 선생의 아들인 김신(金信) 장군은 어떠한 태도를 취했을까 생각해 보았습니다. 선생님께서는 어떻게 생각하십니까?"

"글쎄요. 김신 장군은 많은 사람들이 이 사건의 배후 세력으로 지목했던 이승만 정권이 4.19로 무너진 뒤에 안두희가 정처 없이 전국을 숨어 다닐 때에도 '불구대천의 원수를 소 닭 보듯 한다'는 일부 주변 사람들의 조롱을 받으면서도 끝내 못 들은 척했습니다. 그런 분이니 안두희를 조문객으로 정중하게 맞이했을 것입니다."

"그럼 김구 선생을 배반했던 그 안두희의 최후는 어떻게 되었는지 혹 아십니까?"

"안두희는 1949년 6월 26일에 김구 선생 총격 사건이 발생한지 무려 49년 만인 1996년 10월 23일에야 박기서(朴琦緒)라는 김구 선생을 애모하는 한 버스 운전기사가 휘두른 몽둥이 세례를 받고야 마침내 기구하고도 험난하고도 불의한 한 배반자의 생을 마감했습니다.

안두희의 장례식에는 미국에 사는 그의 자녀들까지도 단 사람도 참석하지 않았고 조문객도 상주도 없어서 그 초라하기가 객사한 노숙자와 같았다고 보도되고 있습니다."

"김신 장군이 그토록 안두희에 대하여 철저한 무관심으로 일관한 이유가 무엇일까요?"

"비록 민족의 거목이었던 아버지가 억울하게 돌발적으로 생을 마감했으니 자식으로서 그 원한이 어찌 하늘에 사무치지 않을 수 있었겠습니까? 그러나 아버지 문제는 아버지 당대로 끝맺을 일이지 그 다음 대에까지 그 원한과 복수의 악순환이 되풀이하게 해서는 안 된다는 투철한 자각 때문이었을 것입니다."

"그렇다면 노무현 전 대통령이 남긴 유서에도 나와 있듯이 '누구도 원망하지 말라'는 아버지의 유언을 노건호 씨는 어긴 것이 아닙니까?"

"그렇다고 볼 수밖에 없겠죠."

"그렇다면 김신 장군은 선대의 유서 같은 것은 없었어도 스스로 알아서 지킨 상생의 도를 노건호 씨는 유서에 명백히 나와 있는 선대의 거듭된 '누구도 원망하지 말라'는 아버지의 유언마저 어기고 끝내 상극(相剋)의 길을 스스로 택한 것이 아닙니까?"

"아직은 그가 구체적으로 어떻게 복수의 길을 택한다고 명시한 것은 아니므로 속단은 금물이지만 그 대답은 당연이 노건호 씨가 자신이 해야 할 몫이겠죠."

"어쨌든 노무현 전 대통령의 외아들인 노건호 씨가 그렇게도 억울하다고 절절히 호소하니 이 기회에 6년 전에 있었던 그분의 충격적인 자살로 일단 중단되었던 '노무현 뇌물 수수 의혹 사건' 수사를 재개하여 그 진상을 국민 앞에 명명백백하게 밝히는 것도 타당하지 않을까요? 어떻게 생각하십니까?"

"그건 좀 심사숙고해야 할 사항이라고 봅니다. 수사를 다시 시작하려면 당연히 '딸에게 13억 원의 돈 상자를 건네주었다'고 자백한 권양숙 씨도 다시 조사해야 합니다.

그리고 노무현 전 대통령이 2006년 9월부터 2008년 2월까지 4회에 걸쳐 미화 합계 640만 달러의 뇌물 수수는 물론이고, 박연차 진술에 의해 밝혀진 노건호, 연철호의 500만 달러 수수 단서 포착 등

등, 당시에 전직 대통령의 생계형 뇌물 수수니 아니니 하고 논의가 분분했던 사건들 외에도 북방한계선 양보 문제 등등, 일단 묻어두기로 했던 사건들이 다시 까뒤집어져야 합니다.

더구나 노무현 전 대통령이 자살을 감행하면서까지 덮어 두기를 간절히 소망했던 사건을 새삼 까뒤집어 보았자, 노건호 씨를 포함한 그 누구에 과연 득이 될지 의문입니다.

그럼에도 불구하고 노건호 씨가 끝까지 재수사를 원한다면 그렇게 해야지 별 수 있겠습니까? 이 사건의 진상을 속 시원하게 밝혀 후세에 대통령을 비롯한 고위 공직자들에게 두고두고 소중한 교훈이 될 수 있다면 그것 역시 뜻 있는 일이 될 것입니다."

"그런 의미에서는 이미 전직 대통령의 그 충격적인 자살 사건 자체가 큰 교훈이 되지 않았을까 합니다."

"노건호 씨가 만약에 선생님과 대화가 통하는 사이라면 뭐라고 충고하시겠습니까?"

"김신 장군을 롤 모델로 삼으라고 말할 것입니다."

"왜요?"

"그 길이야말로 아버님의 유언의 깊은 뜻을 따르는 길이고, 맥 모르고 정객들에게 이용당하지 않는 길이기 때문입니다."

묻지 마 폭행

2015년 5월 30일 토요일

우창석 씨가 말했다.

"오늘 낮에 텔레비전을 보니 새벽 4시에 모 지방 소도시에서 19세 청년이 할아버지 벌인 76세 노인을 호젓한 길가에서 아무 이유도 없이 무작정 닥치는 대로 마구 구타하여 쓰러뜨리자 발로 차고 짓밟는 장면이 비쳤습니다. 그때 마침 용달차가 다가오자 청년은 잠시 구타 행위를 멈추고 숨어 있었습니다.

차가 지나가자 도망치는 노인을 따라간 이 패륜아는 이번에는 걸어가는 노인을 이단옆차기로 쓰러뜨리고 또 사정없이 발로 차고 짓밟았습니다.

노인이 두 손으로 살려달라고 싹싹 빌었는데도 청년은 사정없이 계속 때리다가 지나가는 사람의 신고를 받고 출동한 경찰에 체포되었습니다.

파출소에 연행된 범인은 처음에는 술이 취해서 정신없이 그랬다고 변명하다가 끝내 범행을 자백하고 잘못을 시인했습니다. 노인은 전치 4주의 중상을 입었습니다. 구타행위 전체 과정은 CCTV에 모조리 찍혀 있었습니다."

"그런데 무엇이 문제입니까?"

"조사 결과 두 사람 사이에는 아무런 원한이나 인과 관계도 없는 요즘 가끔 보도되는 '묻지 마 폭행'인데, 도대체 무엇 때문에 그 노인은 손자 벌밖에 안 되는 청년에게 그렇게 끔찍한 매를 맞아야 했는지 그것이 의문입니다."

"사람이 살고 있는 이 현상계에는 원인 없는 결과는 있을 수 없다는 것만 확실히 알면 대답이 나올 겁니다."

"그렇지만 그 청년은 경찰에게 노인은 처음 보는 사람이라고 분명히 말했습니다. 그렇다면 그 인과율(因果律)도 적용이 안 된다는 얘기 아닙니까?"

"그건 어디까지나 금생에 한해서 그렇다는 것이지 전생에도 그렇다는 뜻은 아닙니다."

"그럼 전생에 그 청년이 그 노인한테서 심하게 얻어맞은 원한으로 앙갚음을 했다는 얘기가 되는가요?"

"그렇습니다."

"그럼 그 청년은 어떻게 그 노인이 전생에 자기를 구타한 사람이라는 것을 알았을까요?"

"그 청년의 현재의식(顯在意識)은 그것을 몰랐겠지만 그의 잠재의식(潛在意識)은 그것을 기억하고 있다가 남들이 보지 않는 시간과 장소를 택하여 자기 자신도 모르게 용의주도하게 범행을 저지른 것입니다."

"그럼 그 청년의 잠재의식은 어떻게 전생에 그 노인에게 매맞은 것에 대한 복수 의지를 기억하고 있었을까요?"

"아마도 매맞았을 때부터 자신의 잠재의식에게 그 노인한테 매맞은 일이 시공을 초월하여 또렷이 각인될 정도로 청년은 복수를 수없이 다짐했을 것입니다."

"그래도 그것은 과학적인 결론은 될 수 없는 것이 아니지 않습니까?"

"그 말은 맞습니다. 그러나 이 세상은 과학만으로 만사가 해결되는 것은 아닙니다. 과학이 해결 못 하는 사건도 얼마든지 있을 수 있습니다. '묻지 마 폭행'이 바로 그 실례입니다."

"그럼 그것이 두 사람 사이의 전생의 인과 관계로 빚어진 사건이라는 것을 어떻게 아셨습니까?"

"직감으로 알았습니다."

"그럼 그 노인은 그 청년이 전생에 자기에게 얻어맞은 복수를 하고 있다는 것을 알고 매를 맞았을까요?"

"몰랐을 것입니다. 그것을 미리 알 정도로 내공(內功)이 되었다면 처음부터 남을 구타하는 짓 따위를 전생에 저지르지도 않았을 것입니다."

"그럼 CCTV 장면에서처럼 노인이 청년에게 두 손을 싹싹 비비면서 용서를 비는 것은 무엇 때문이었을까요?"

"그것은 현실적으로 계속 맞으면 당장 죽을 것 같으니까 생존본능 때문에 살기 위해서 그랬을 겁니다."

"수련을 해 본 저는 선생님의 직감을 믿을 수 있지만 그렇지 않은 사람은 누가 그 걸 믿으려 하겠습니까?"

"나는 누구에게 내 직감을 믿어달라고 말하지 않았습니다. 만약에 우창석 씨가 수행자가 아니라면 내가 이런 말을 꺼내지도 않았을 겁니다. 나는 내 말을 알아들을 만한 사람에게만 말할 뿐입니다. 함부로 아무한테나 이런 말을 하면 전신병자라는 소리를 들었을 것입니다."

"선생님, 그건 그렇고요. 이런 끔찍한 불상사가 두 사람 사이에 다시는 재발하지 않게 하려면 어떻게 하면 될까요?"

"이유야 어찌되었든지 그 노인은 이제부터라도 누구한테 이유 없이 심한 매를 맞았다고 해도 때린 사람을 원망하거나 복수심을 일체 품지 말아야 합니다.

억울하고 분하다고 해서 아들이나 형제들에게 얘기하지도 말아야 합니다. 그 얘기를 하면 세대를 이은 복수극으로 확대될 수도 있기 때문입니다.

그 이유가 어떻든 간에 누구에게 원한을 품고 미워하는 바로 그 순간부터 그 사람의 내공은 중단되고 스스로 독을 품게 되면서 그 원한은 시공을 초월하여 그 19세 청년처럼 잠재의식 깊숙한 곳에 자기도 모르게 저장되었다가 때가 되면 그것이 그 사람에게는 이유 없는 폭력이 되어 복수를 감행하게 될 것입니다.

그러나 그 노인은 그것을 알 정도로 수행이 되어 있을 것이라고는 생각되지 않습니다."

"왜요?"

"유유상종(類類相從)이라고 비슷한 사람끼리는 서로 어울리게 되어 있습니다. 자성(自省)이나 내공이 무엇인지도 모르는 세속인에 지나지 않는 그 노인은 길을 가다가 뜻밖에도 젊은이로부터 폭력을 당하여 전치 4주의 중상을 입었으니 황당하기 짝이 없는 일이겠지만 지금부터라도 이번 일을 계기로 삼아 새로운 사람으로 환골탈태해야 할 것입니다.

그러자면 그 청년을 미워하거나 복수심을 품지 말고 매맞은 것 자체를 아예 기억에서 말끔히 지워버리고 없었던 일로 삼아야 합니다. 그렇게 함으로써 두 사람 사이에 벌어지는 생을 초월한 복수극의 악순환의 고리를 이번 생에 완전히 끊어버려야 합니다."

상극과 상생

"그 다음엔 어떻게 하면 됩니까?"

"두 사람이 상대를 무조건 용서해주고 마음속에서 끓어오르는 원망과 복수심을 깨끗이 지워버리면 그들 두 사람은 상극(相剋)의 관계에서 상생(相生)의 관계로 바뀌게 될 것입니다."

"그 다음엔 어떻게 됩니까?"

"바로 이 일로 그 두 사람은 속물(俗物)들의 상극관계에서 도인들의 상생의 관계, 호생지덕(好生之德)의 관계로 도약하게 될 것입니다."

"그러나 선생님 말씀을 듣고도 실제로 그렇게 행동하는 사람은 별로 없을 것입니다."

"우창석 씨가 다소 무리한 질문을 했으므로 그 질문에 맞추어 대답을 했을 뿐입니다. 불가능한 일이라고 해서 손 놓고 앉아만 있지 말고, 사람들의 마음이 그렇게 변할 수 있도록 계속 노력해 나가다가 보면 하늘의 도움을 얻어 이 세상이 차츰차츰 지상선경(地上仙境)으로 변하는 날이 반드시 찾아오게 될 것입니다."

"그거야 말로 참으로 어려운 일이 아닙니까?"

"틀림없이 어려운 일입니다. 그러나 어렵긴 하겠지만 지금부터라도 늦지 않으니 세상 사람들 모두가 '일체의 불상사는 상대의 탓이 아니고 내 탓이라고 생각하면 마음이 그지없이 넓어질 것입니다.

바로 이 때문에 어렵겠지만 그렇게 하려고 노력하면 누구나 그렇게 될 수 있습니다.

이 세상은 우리가 마음을 어떻게 먹고 행동하느냐에 따라 얼마든지 변하게 되어 있으니까요."

"요컨대 이유 없이 그런 불상사를 당했을 때 그 노인처럼 매를 맞고도 내 탓이라고 생각해야 된다는 말씀인가요?"

"그렇습니다. 알고 보면 전생에 그 노인이 먼저 청년을 구타했기 때문에 일어난 일이니까요. 그래서 시비가 붙었을 때 모든 것을 남의 탓으로 돌리면 그 순간부터 마음이 꽉 닫혀버리고 원한만 싹트게 됩니다.

그렇게 되면 상대와 원수가 되고 척을 지는 길 외에는 선택의 여지가 없게 됩니다. 그래서 자기 자신을 위해서라도 일체를 내 탓으로 돌려야 살 길이 열리게 되는 것입니다."

"결국은 속물(俗物)이 되지 말고 도인(道人)이 되라는 얘기군요."

"그렇습니다. 구도자는 결국은 도인이 되는 바로 그 길을 터벅터벅 걸어가는 사람입니다."

"그래 가지고 어느 세월에 후천(後天) 지상선경(地上仙境)이 찾아오겠습니까?"

"그래서 지축이 정립되는 개벽시기에는 마음이 바르고 나보다 남을 먼저 생각하는 사람만이 살아남는다고 합니다. 도전에도 '천지대도(天地大道)에 머물지 않고는 살 운수를 받기 어려우니라' (도전 2:73:7)

라고 나와 있습니다."

"천지대도가 무엇입니까?"

"나보다 남을 먼저 생각하는 상생의 길을 말합니다."

"그 개벽은 언제 오는데요?"

"개벽이 가까운 장래에 오는 것은 틀림없는데 그 정확한 일자는 하느님 외에는 아무도 모릅니다."

"남북통일 역시 오는 것만은 틀림이 없는데 정확히 언제 오는지는 아무도 모르는 것과 똑 같군요."

"그렇습니다."

"개벽과 통일이 같이 온다는 말도 있는데 어떻게 생각하십니까?"

"그것 역시 하늘만이 아는 일입니다. 개벽과 통일은 하느님의 천지공사 중에서 영순위에 속하는 막중지사(莫重之事)이므로 뜻밖의 불상사를 막기 위해서라도 하느님 외에는 아무도 알아서는 안 되는 천기(天機)에 속하는 일입니다."

대통령의 미국 방문

2015년 6월 10일 수요일

우창석 씨가 말했다.

"요즘은 한동안 떠들썩했던 메르스 방역 문제 외에 6월 14일로 예정되어 있던 박근혜 대통령의 방미 일정을 연기해야 하느냐, 예정대로 진행해야 하느냐를 둘러싸고 논의가 분분합니다.

야당을 비롯하여, 대통령 방미를 연기하자는 측은 메르스 침투로 방역망이 뚫려 국가 비상 상태인 이때에 대통령이 나라를 비우는 것은 국민을 불안하게 만드는 일이므로 방미 일정을 연기해야 한다고 주장하고 있습니다.

그런가 하면 방미 예정을 그대로 추진해야 한다는 측은 우리나라가 전에 없던 갑작스런 메르스 침투로 인하여 한동안 컨트롤 타워 미비로 우왕좌왕했던 단계는 이미 지났고 이제 메르스 확산 방지에도 가닥이 잡혔고 어느 정도 자신감을 회복했으니 대통령은 최경환 총리 대행에게 전권을 위임하고 방미 계획을 예정대로 추진해야 된다고 주장합니다. 선생님께서는 어느 쪽이 옳다고 보십니까?"

"나는 미국 질병 센터가 '한국 여행 계획 안 바꾸어도 된다'고 자국민에게 발표할 정도로 한국에서의 메르스 문제를 대수롭게 여기지 않는 이상 대통령의 방미 계획은 예정대로 추진되어야 한다고 생각합니다.

더구나 지금의 동북아 정세는 통일을 앞두고 중국, 미국, 일본, 러시아가 관련된 영토 문제, 북핵 문제 외에도 북한의 잠수함 발사 탄도 미사일 등 대통령의 기본 업무 분야인 외교 안보 통일 분야에서 한치 앞을 내다볼 수 없을 정도로 혼탁하고 긴박한 상태입니다.

이러한 때에 우리가 그래도 가장 안심하고 의지할 수 있는 혈맹인 초강대국 미국과의 정상 회담을 연기한다는 것은, 우리나라가 국가 존립 자체가 위태로운 재난 사태에 처해 있지 않는 이상, 있어서는 안 될 일이라고 봅니다.

더구나 세계를 실질적으로 관리하는 초강대국 미국 대통령의 빡빡한 스케줄을 감안할 때 예정된 일정을 갑자기 연기한다는 것은 한미 정상 회담을 적어도 1년 뒤로 미루자는 것과 같아서 사실상 무산시키자는 것과 같다고 보아야 할 것입니다.

더구나 한국과 미국 사이에는 분단 70주년을 맞이하여, 한반도 분단의 당사국이었던 소련의 후신인 러시아가 지금처럼 우리의 통일 문제에 대하여 중국보다 발언권이 약해진 이때에 당장 공개할 수 없는 통일에 대한 극비 사항들과 조율 문제 등이 있을 수도 있습니다.

이런 것들을 감안할 때 이번에 예정된 한미 정상 회담 연기는 앞으로 곤란한 문제를 야기할 수도 있습니다. 이러한 절호의 기회를 유행성 독감 수준에 지나지 않는 메르스 방역 때문에 한미 정상 회담을 연기한다는 것은 있을 수 없는 일입니다."

"선생님 말씀에 유심히 귀를 기울이다 보니 어쩌면 이번에 예정된 한미 정상 회담이 마치 1945년 2월에 흑해 연안 도시 얄타에서 있었던 미 소 정상인 루즈벨트와 스탈린 사이의 합의로 이루어진 한국 분단의 비극을 종식시킬 수도 있는 절호의 기회일 수도 있고 그에 뒤이은 막중한 사건을 몰고 올 단서가 논의될 것도 같은 예감이 듭니다."

"내가 보기에도 전연 빗나간 예측만은 아닌 것 같습니다."

"부디 분단 70주년을 앞두고 그동안 온세계의 우리 국민들이 자나깨나 줄곧 꿈꾸어 온 통일을 가져오는 데 크게 보탬이 될 일이 앞으로 열릴 한미 정상 회담에서 이루어지기를 하느님께 기도하는 심정입니다. 그러나 세상일은 한치 앞을 알 수 없는 일이니 어디 차분하게 지켜보도록 합시다."

방미 일정 연기 잘한 일인가

우창석 씨와 나 사이에 이러한 얘기들이 오가는 사이에 메르스로 야기된 국민들의 불안을 진정시키기 위하여 6월 14일에 시작되는 박근혜 대통령의 방미 일정이 미국과의 합의에 따라 연기되었고 조속한 시일 안에 다시 방문 일정을 조정하기로 합의했다는 청와대 발표가 있었다.

우창석 씨가 말했다.

"뜻밖의 발표입니다. 과연 박근혜 대통령의 그러한 결정이 잘된 것일까요?"

"만약에 아버지 박정희 대통령이라면 이런 때 어떤 결정을 내렸을까 생각해 보지 않을 수 없습니다. 결론적으로 말해서 박정희 대통령이었더라면 방미 일정을 차질 없이 그대로 추진했을 것이라고 생각합니다.

물론 그동안 박근혜 대통령의 잦은 외국 방문으로 국민 여론이 다소 악화되어 있었다고 해도 그것이 대국적으로 국익에 보탬이 되는 일이고 어차피 대통령만이 할 수 있는 일이라면 일시적인 여론 악화 같은 것은 무시하고라도 기존 일정을 고수했어야 합니다.

김대중 전 대통령은 한국군 최고 통수권자로서 2002년 6월 29일 북한 경비정의 기습 도발로 야기된 제2차 연평 해전에서 우리 해군의 참수리호가 피격당하여 6명의 장병이 전사하고 19명이 부상당하는 비상사태가 벌어졌는데도 아랑곳 않고 그 다음 날 별로 중요하지도 않는, 월드컵 폐회식 참석차 일본으로 출발했습니다.

그 후에도 김대중 노무현 두 전직 대통령들은 연평 해전에서 북한군과 용감하게 싸우다 전사한 6명의 장병들의 추도식에도 끝내 참석하지 않았습니다. 이에 충격을 받은 한 유가족은 해외로 이민까지한 일도 있습니다.

모두가 남북의 현실을 무시하고 김씨 왕조를 짝사랑한 햇볕 퍼주기 정책의 환상이 빚어낸 비극이 아닐 수 없습니다.

그런가 하면 노무현 전 대통령은 자신에 대한 인기도가 9.9%라는 최악의 수준까지 추락했는데도 불구하고 2007년 10월 4일 겨우 임기 4개월을 앞두고 김정일을 만나는 방북 일정과 함께 그 비능율성 때문에 온 세계가 폐기 처분해 버린 사회주의 경제 정책들을 흔들림없이 줄기차고 과감하게 밀어 부쳤습니다.

그 때문에 그의 바통을 이어받은 정동영 후보가 이명박 후보에게 536만 표의 압도적 차이로 참패를 당한 것은 세상이 다 아는 일입니다.

이 때문에 열린우리당은 폐족(廢族)임을 자인하지 않을 수 없었습니다. 북한의 정체를 너무도 모르는 두 대통령의 천진무구한 환상과 짝사랑이 빚어낸 위기 사태였습니다.

그러나 제 정신을 가진 대통령이라면 적어도 국가를 위해 옳은 일이라는 자기 신념이 확고하다면 좌고우면(左顧右眄)할 필요 없이 이들 두 전직 대통령들 못지않게 과감하게 예정된 일정을 밀어 부칠만 한 추진력은 있어야 한다고 봅니다. 더구나 박근혜 대통령은 아직 국민의 인기 여론이 아직은 40% 안팎의 수준에 머물러 있습니다.

여기서 우리가 주목해야 할 사항은 이러한 긴박한 동북아 정세를 논의하기 위해 지난 4월에 이미 아베 일본 수상이 미국을 방문하여 상하 양원 합동 회의에서 서투른 일본식 영어로 연설까지 하여 그 나름으로 일정한 성과를 올렸고, 그 다음이 박근혜 대통령 차례인데 메르스 사태로 어이없이 연기되었고, 8월에는 중국의 시진핑 주석의 미국 방문이 예정되어 있습니다. 동양 3국 중에서 까딱하면 막중한 통일을 앞둔 한국만 소외당할 수도 있습니다.

변화무쌍한 국민의 일시적인 여론 악화를 우려하여 예정되었던 미 국과의 정상 회담을 연기한다는 것은 어디까지나 외교와 국가 안보 와 통일 문제 등 대통령 본래의 사명만은 꿋꿋하게 온갖 난관을 무 릅쓰고 밀고 나가야 할 국가 원수로서는 있을 수 없는 일입니다. 한 국가의 최고 지도자의 위치에 서서 사태를 보다 냉정하고 객관적으 로 살펴보고 지혜로운 판단을 내렸어야 합니다.

지금은 메르스 확산을 저지하기 위해서 만사를 다 제쳐놓고 꼭 대 통령이 제자리에 앉아 있어야만 할 처지도 아닙니다. 방역을 위해서 라면 기라성 같은 세계적인 명성을 얻은 유능한 전문의들이 포진하 고 있고 컨트롤 타워를 위해서라면 비록 총리는 결석 중이지만 최경 환 총리 대행 같은 유능한 고급 관료가 대기하고 있습니다.

그러므로 대통령이 본래의 업무인 외교 안보 통일을 위해 잠시 자

리를 비워도 이미 구성되어 있는 국가운영 시스템이 충분히 자동적
으로 가동될 수 있는데 무엇이 무서워서 그 막중한 방미 일정을 연
기해야 하는지 이해할 수 없습니다.

세월호 의인(義人)의 암 투병

2015년 6월 12일 금요일

우창석 씨가 말했다.

"선생님, 『선도체험기』 109권에 소개된, 오행생식으로 직장암 3기를 치료했던 가수 이남수 씨는 요즘도 생식을 잘하고 있습니까?"

"그럼요. 바로 며칠 전에도 한 달 분 생식을 구입해 갔는데요. 왜요?"

"선생님 보시기에 이남수 씨의 상태는 지금 어떻습니까?"

"이제 대장암 증상은 생식으로 완전히 다 나았고 가수로서의 본직으로 돌아가 열심히 순회공연을 하고 있는데 요즘 난데없는 메르스 소동 때문에 일정이 줄줄이 취소되어 심한 어려움을 겪고 있다고 하더군요."

"제가 말씀드리고 싶은 것은 다른 게 아니라, 세월호 침몰 당시 그 긴박한 상황 속에서도 자신의 안위는 돌보지 않고, 선실 커튼을 떼어내 로프를 만들어 살려달라고 절규하는 20명의 단원고 학생들을 구해 낸 김홍경 씨가 지금은 정부의 보상도 제대로 받지 못하고, 설상가상으로 병원에 입원하여 위암 4기의 방사성 항암치료 후유증으로 머리는 다 빠지고 몸 전체가 붓는 등 그 형편과 모습이 구차하고 초라하기가 말이 아닙니다.

그러한 영상과 취재보도에 접한 시청자와 독자들의 성금이 답지하고 있지만 제가 알고 있는 의학 상식으로는 아무래도 현대의학의 항암치료보다는 가수 이남수 씨처럼 오행생식을 복용케 해 보는 것이 어떨까 하는 생각이 듭니다.

아무래도 꿩 잡는 매라고 하지 않습니까? 환자에게는 병 고치는 것이 무엇보다도 다급한 일이 아니겠습니까? 지금 그에게 필요한 것은 금전상의 도움보다는 그가 앓고 있는 위암 4기의 난치병에서 그를 한시바삐 구출해 내어 세월호 참사 이전의, 그의 정상적인 배관공으로서의 건강한 일상인의 모습으로 되돌려 놓는 일이라고 생각됩니다.

세월호 의인인 김홍경 씨도 가수 이남수 씨처럼 건강을 회복하여 자기 직업에 충실할 수 있으면 오죽 좋을까 하는 소박한 소망을 말해 보았을 뿐입니다."

"그렇다고 해서 우창석 씨가 김홍경 씨에게 생식을 들고 가서 권한다면 순순히 받아들일 것 같습니까?"

"물론 순순히 받아들이기는커녕 돌팔이나 잡상인 아니면 사기꾼 취급을 당할 가능성이 더 많겠죠?"

"잘 아시는군요."

"그럼 어떻게 하면 김홍경 씨를 살릴 수 있겠습니까?"

"김홍경 씨가 딱하다고 해서 억지로 생식을 권하는 것은 우물에 가서 숭늉 찾기보다 더 어리석은 일에 지나지 않을 것입니다."

"그럼 어떻게 하면 위암 4기에서 그를 기사회생(起死回生)하게 하여 그를 본래의 건강한 그의 모습으로 되돌릴 수 있을까요?"

"그것도 다 인연이 닿아야 합니다. 가수 이남수 씨와 나 사이에서는 이한배라는 친구가 다리 역할을 했습니다. 그 친구가 아니라면 이남수 씨는 지금도 병원에서 항암치료를 받고 있었을 것입니다.

김홍경 씨도 죽지 않고 살 사람이라면 어떻게 하든지 길이 열릴 것입니다. 억지로 밀어붙인다고 하여 되는 일은 아무것도 없으니까요."

"만약에 선생님이 직접 오행생식 한 달분을 들고 김홍경 씨를 찾아가 간곡히 권해보면 어떨까 합니다만."

"무엇보다도 먼저 김홍경 씨가 생식을 할 의향이 있고 이를 소화 흡수할 능력이 있는지를 먼저 확인해야겠죠. 그 다음에 내가 할 일은 김홍경 씨가 입원한 항암치료 병원에 찾아가는 일입니다.

내가 환자에게 접근할 경우 나를 수상하게 생각한 당당 의사나 간호사나 병원 직원에 의해 돌팔이로 오해 받을 가능성이 있고, 그 다음엔 보건범죄단속에 관한 법률 위반 혐의로 경찰 또는 검찰에 고소되어 재판을 거쳐 최소한 1년의 징역형을 선고 받고 팔자에 없는 교도소 생활을 하지 않을 수 없는 처지가 될 수도 있습니다.

현행법으로 오행생식은 식품으로 매매되는 것은 합법이지만 약품으로 매매되면 불법이고 단속 대상입니다. 오행생식을 창안한 김춘식 원장도 오행생식을 환자들에게 약품으로 팔다가 인근에 사는 의사의 고발로 1년 징역형을 받고 복역한 일이 있으니까요. 나는 졸지에 그런 불상사를 당할 정도로 막무가내일 수도 없으니 사양할 수밖에 없을 것입니다."

"오행생식은 암 치료에 실효가 있으니까 일종의 대체의학이 되는 거 아닙니까?"

"선진국들에서는 암과 같은 난치병 치료에 현대의학 외에도 각종 대체의학을 합법적으로 인정함으로써 서로 경쟁하게 하지만 대한민국에서는 그렇지 않습니다."

"그럼 우리나라에서는 어떻습니까?"

"선진국들에서는 환자들의 처지를 우선시하여 암을 비롯한 난치병 치료에 무력한 현대의학 외에도 대체의학과 경쟁하게 하여 합법적으로 영업을 하도록 허가하여 주지만 대한민국에서는 그렇지 않습니다."

"그럼 어떻습니까?"

"한국에서는 기존 제도권 의학과 대체의학이 대립될 경우, 정부는 치료 능력과는 관계없이 목소리가 큰 의료인들의 입장을 들어주게 되어 있습니다. 바로 이 때문에 미국이나 독일 같은 선진국에는 다 있는 침술사도 한국에는 없습니다."

"한국은 원래 침술의 본 고장이 아닙니까?"

"그렇습니다. 그러나 지금 한국에서는 제아무리 침을 잘 놓는 명인 소리를 듣는 침쟁이라 해도 한의과 대학 6년 과정을 졸업한 사람이 아니면 합법적으로 침을 놓을 수 없으므로 침술사는 아예 씨가 말라버렸습니다.

나 역시 김춘식 원장에게서 침술을 전수받았지만 지금은 그 때문에 침 놓는 것을 단념하고 있습니다.

그러나 미국이나 독일의 경우 국가에서 인정한 일정한 과정을 통과한 사람은 누구나 침술사가 되어 영업을 할 수 있게 해 줍니다.

그러나 한국은 선진국들처럼 검은 고양이든 흰 고양이든 쥐 잘 잡는 고양이를 제일로 쳐 주는 실용주의적 사고방식을 따르는 것이 아니고 매사에 목소리 큰 의사 단체들의 입장을 두둔해줍니다. 따라서 대체의학은 처음부터 설 자리를 잃게 되어 있습니다."

"그렇다면 보건당국이 막상 보살펴야 할 고통받는 환자들은 못 본 척하고 목소리 큰 기존 의사들만 편든다는 얘기가 아닙니까?"

"미안하지만 그것이 우리나라의 실태입니다."

"그런 의미에서 한국의 의료 행정 수준은 대체의학을 합법화한 선진국과는 거리가 먼, 의사들의 이익이나 대변해 주는 후진국 수준에 머물러 있다는 얘기군요?"

"내가 말하고 싶은 핵심이 바로 그겁니다."

"그럼 보건당국이 일을 잘못하고 있는 것이군요."

"그렇습니다. 잘못해도 한참 잘못하고 있습니다."

"그럼 누가 이것을 바로 잡아야 합니까?"

"보건복지부, 국회의 보건복지 위원회에 가입해 있는 국회의원들에게 일차적인 책임이 있고, 비정상의 정상화를 선거 공약으로 내걸었던 박근혜 대통령에게도 책임이 있습니다. 그리고 사회정의 실현을 목표로 내건 언론도 마찬가지입니다."

(이런 일이 있은 지 얼마 안 되어 김홍경 씨는 결국 병원에서 항암치료 중에 사망했다는 신문보도가 나왔다.)

과장된 메르스 공포

2015년 6월 18일 목요일

우창석 씨가 말했다.

"요즘은 중동 호흡기 증후군 즉 중동 독감인 메르스보다는 메르스에 대한 두려움의 확산이 정상적인 경제 및 사회 활동을 마비시키는 것이 더 큰 문제라고 다수 국민들이 우려하고 있습니다. 과연 이 말이 옳은 것일까요?"

"그럼요. 지금 우리 사회에 떠돌고 있는 메르스에 대한 공포심이야말로 메르스 자체보다 훨씬 더 과장되어 있는 것이 사실입니다. 메르스 바이러스는 바로 이 공포심에 편승하여 그것을 에너지원으로 삼아, 점점 더 기승을 부려 맹렬한 기세로 거침없이 퍼져나가고 있는 것이 지금의 우리나라의 실정이라고 생각됩니다.

신은미라는 재미교포 아줌마가 북한의 초청을 받아 다섯 번에 걸쳐 북한에 다녀오더니 북한 김정은 체제를 찬양하는 선전원이 되었습니다.

한국에서는 종북 단체들의 후원을 받아 강연회를 열었으나 청중의 항의로 중단되었는가 하면 우익 단체들로부터 고소까지 당하여 결국 한국에서 추방되어 미국에 갔다가 요즘은 일본에서 조총련의 후원으로 강연회를 열고 있다고 합니다.

그런데 보도되는 동영상을 보니 그녀는 그야말로 신들린 무당처럼 갖가지 제스처를 정신없이 구사하면서 강연에 열중하고 있었습니다. 무엇이 그녀를 그렇게 만들었을까요? 조총련과 일본 매스컴들의 호들갑스런 반응 때문이었습니다. 바로 이 반응이 그녀에게는 신바람을 불어넣어주는 에너지원이었던 것입니다.

어쩌다가 한국 땅에 발을 딛게 된 메르스 바이러스는 정부의 사령탑 부재와 국익을 해치는 매스컴의 야단스러운 보도가 에너지원이 되어 기상천외의 창궐을 기록한 것입니다.

2015년 6월 18일자 텔레비전을 보면 메르스가 한국에 침입한 지 29일 만에 23명의 사망자가 생겨난 것으로 되어 있습니다. 이 추세대로 나갈 경우 메르스 침입 한 달이 되는 6월 20일에는 기껏해야 사망자는 30명을 초과하지 못할 것입니다. (실제로는 27명에 그쳤다.)

올해 초에 홍콩에선 독감으로 5백 명이 사망했고 인도에선 신종 플루로 1천 명 이상이 숨을 거두었지만 한국에서처럼 국내외의 큰 소동으로 번지지는 않았습니다.

이들 나라의 정치인들과 언론이 자기 나라의 정부와 의료진을 집중적으로 질타함으로써 불안감을 조성하여 외국 관광객들의 발길을 끊어버리게 하였다는 말은 일찍이 들어 보지 못했습니다.

우리나라의 1년 교통사고 사망자 수는 6,000명이고 1일 평균 사망자 수는 14명입니다. 결국 메르스 사망자 수를 지금의 추세대로 1일 1명으로 친다 해도 교통사고 사망자 수의 14분의 1밖에 안 됩니다. 그리고 결핵 환자 1년 사망자 수는 2,000명이고 1일 평균 사망자 수는 5명이므로 메르스 사망자 수의 5배나 됩니다.

이 정도의 독감 질환으로 해외 관광 예약이 연일 취소되고 각급학교가 문을 닫고 각종 모임이 취소되는가 하면 백화점과 각종 매장의 고객들이 한꺼번에 썰물처럼 빠져나간다는 것은 결코 정상이 아닙니다.

메르스 바이러스는 틀림없이 정부의 우왕좌왕과 매스컴의 과장된 보도와 정부에 대한 질타로 국민들 사이에 발생한 공포심을 에너지원으로 삼아 기하급수적으로 창궐하고 있는 것이 틀림없습니다.

하루에 겨우 한 명 꼴로 사망자가 발생하는 메르스 때문에 이 정도로 공포심이 팽배하여 나간다면 하루에 14명씩 교통사고 사망자를 내는 자동차는 우리 눈에 띄기만 해도 남녀노소를 막론하고 기절초풍할 정도의 공포심에 사로잡혀 벌벌 떨어야 마땅하고, 마침내 우리의 눈 앞에서 자동차는 모조리 그 자취를 감추어버렸어야 합니다.

그러나 실상은 어떻습니까? 우리는 자동차를 일상생활에 없어서는 안 될 아주 편리한 교통수단으로 계속 애용하고 있지 않습니까?

공포심을 이기려면

"그럼 바로 그 공포심 자체가 문제군요."

"그렇습니다."

"그럼 그 공포심만 없애버리면 다시 안정을 찾을 수 있겠군요."

"그렇고말고요."

"우리의 마음속에서 공포심을 없애버릴 수도 있습니까?"

"작심하고 꾸준히 노력만 하면 누구나 공포심을 없앨 수 있습니다. 일체유심소조(一切惟心所造)입니다. 무슨 일이든지 마음먹기에 달려있으니까요."

"그럼 공포심을 없앨 수 있는 가장 빠른 길은 무엇입니까?"

"욕심을 비우면 됩니다."

"어떻게 하면 욕심을 비울 수 있습니까?"

"일상생활에서 나보다 남을 먼저 생각하는 습관이 붙어서 생활화되면 욕심을 비울 수 있을 뿐만 아니라 바르고 착하고 슬기로운 사람이 될 수도 있습니다.

욕심을 계속 비워나가다가 보면 우리 주변의 이웃들이 나와는 동떨어진 존재들이 아니라 모두가 유기적으로 연결된 하나라는 실상을 자기도 모르게 깨닫게 되는 단계에 도달하게 됩니다.

그렇게 되면 삶과 죽음도 결국은 하나라는 것을 어느 순간에 문득 깨닫게 됩니다. 이것을 일컬어 우리의 선배 구도자들은 생사일여(生

死一如)의 경지라고 말했습니다.

다시 말해서 삶과 죽음은 따로 떨어져 있는 것이 아니고 동전 앞 뒷면처럼 하나로 붙어 있다는 것을 스스로 깨닫게 되면 그때 비로소 공포심이 서서히 사라지게 됩니다."

"요컨대 마음 공부의 첫 걸음은 욕심을 비우고 이웃을 사랑하는 것이군요."

"그렇습니다. 욕심의 출발은 바로 '나'입니다. 바로 이 나가 없어져 야 생사도 없어지고 생사가 없어져야 삼라만상의 진상이 확실하게 보입니다.

우리가 사물의 실상을 보지 못하는 것은 바로 이 '나'라는 그림자 가 장막처럼 내 눈을 가리고 있기 때문입니다."

"그럼 공포심이란 무엇입니까?"

"공포심이란 요즘 흔히들 말하는 일종의 스트레스입니다."

"그럼 스트레스란 또 무엇입니까?"

"스트레스란 걱정 근심 불안 번뇌입니다. 메르스 공포라고 하면 메르스로 인하여 죽을 수도 있다는 두려움을 말합니다. 그러나 생사 일여를 터득한 사람은 이 죽음의 공포에서 벗어날 수 있습니다."

"어떻게 해야 생사일여를 터득하여 죽음의 공포에서 벗어날 수 있 습니까?"

"사람이 죽으면 그 육체는 숨이 끊어짐과 동시에 부패가 시작되지 만 그 사람의 영혼 또는 신명(神明)은 죽지 않고 살아서 다음 생으 로 이어가게 된다는 것만 깨달아도 초보적인 죽음의 공포심에서는 벗어날 수 있습니다.

그러나 보통 사람들은 죽음은 끝없는 암흑의 나락 속으로 떨어지는 것으로 잘못 알고 있습니다.

그러나 실제로 육체를 떠난 신명은 그 순간부터 새로운 형태의 생활 영역 속으로 들어간다는 것을 알아야 합니다. 그러므로 죽음은 어찌 생각하면 지금과는 다른 세계로 들어가기 위하여 옛날 사람들이 왕궁에 들어가려고 겉옷을 바꿔 입는 것과도 같습니다.

이처럼 공포심에서 일단 벗어나면 메르스와 같은 역병(疫病)이나 임진왜란이나 병자호란이나 육이오 같은 난리를 만나도 허둥지둥하지 않고, 하나하나 차분하게 이들을 극복하는 방법을 어떻게 하든지 알아내어 막아낼 수 있습니다.

또 생사일여(生死一如)를 체득한 사람은 외적과 싸우거나 의료 분야에서 환자 치료를 위하여 열심히 일하다가 쓰러지는 한이 있어도 조금도 겁내거나 두려워하지 않고 일하는 보람을 스스로 느끼게 되어 있습니다.

왜적의 침입에 처음부터 충분히 대비하고 있던 충무공 이순신은 왜군과의 싸움이 임박하자 필사즉생(必死卽生)이요 필생즉사(必生卽死)라고 부하들에게 외쳤습니다. 이 말의 뜻은 죽을 각오로 힘껏 싸우면 기필코 살 것이요, 살 궁리만 하고 요리저리 싸움을 피하면 틀림없이 죽는다는 뜻입니다.

그러나 사즉생(死卽生) 생즉사(生卽死)는 글자 그대로 죽음은 곧 삶이고, 삶은 곧 죽음이라는 깊은 철학적인 의미도 함축되어 있다는

것을 알아야 합니다. 왜냐하면 생유어사(生由於死)요 사유어생(死由
於生)이기 때문입니다. 풀어서 말하면 삶은 죽음에서 연유하고 죽음
은 삶에서 연유하기 때문입니다.

그 이유는 낮이 있으니까 밤이 있고, 밤이 있으니까 낮이 있는 것
처럼 삶이 있으니까 죽음이 있고 죽음이 있으니까 삶이 있기 때문입
니다.

빛이 있으니까 어둠이 있고 어둠이 있으니까 빛이 있습니다. 다시
말해서 생과 사, 삶과 죽음, 빛과 어둠, 음과 양은 동전의 앞 뒷면처
럼 상대적이면서도 하나로 붙어 있다는 것을 알 수 있습니다. 이것
이야말로 그 누구도 거부할 수 없는 진리입니다.

이 진리를 깨닫는 것이 바로 생사일여(生死一如)를 몸으로 터득하
는 것입니다.

이 이치를 깨달은 사람은 메르스, 임진왜란, 병자호란, 6.25, 북한
의 핵공격, 지축정립(地軸正立), 개벽(開闢)이니 하는 그 어떠한 어
려움이 닥쳐와도 공포심에 시달리지 않게 됩니다.

우리나라의 지난 역사를 돌이켜 보아도 전쟁에 충분히 대비하고
있었을 때는 당황하거나 허둥지둥하지 않고 침착하고 차분하고 지혜
롭게 국란을 차분하게 극복해 왔음을 알 수 있습니다.

서기 612년 수(隨)나라 군대가 고구려보다 10배가 넘은 200만 대
군을 이끌고 대거 침략을 감행하여 왔을 때도 을지문덕 장군은 살수
대첩에서 슬기롭고 여유 있게 적을 물리쳐 겨우 2,700명만이 살아
돌아가는 참패를 안겨주었습니다.

을지문덕을 필두로 연개소문, 양만춘, 강감찬, 최영, 이순신, 곽재우, 권율 등이 지휘봉을 잡았을 때는 군민이 단합하여 두려움 따위에 시달리는 법 없이 외적을 항상 여유 있게 물리칠 수 있었습니다.

이러한 군신(軍神)들 휘하에는 언제나 고구려의 조의선인(皂衣仙人), 신라의 화랑도(花郞徒), 고려의 재가화상(在家和尙) 조선의 의병 및 독립군과 같은 국란을 극복하려는 자발적인 애국자들의 조직이 있었습니다.

증산도(甑山道) 도전(道典)에는 다음과 같은 말이 실려 있습니다.

'천하사(天下事)를 하는 자는 위태로움에 들어서서 편안함을 얻고, 죽음에 들어서서 삶을 얻는 것이니 일을 하는 자는 화지진(火地晉)도 해야 하느니라, 하시니라.'

화지진(火地晉)에는 주역(周易)의 64괘효사(卦爻辭) 중의 하나로서 '큰 일을 하는 진정한 일꾼은 비록 일하는 도중에 불길이 앞을 가로 막는다 해도 목숨을 아끼지 않고 계속 뚫고 나가는 기백이 있어야 한다'는 의미가 함축되어 있습니다.

나라와 이웃을 위하여 큰 일을 하기로 작정한 사람은 위기 속에서 도리어 편안함을 느끼고, 죽음에 처하여 진정한 삶을 얻음으로써 생사를 초월한다는 뜻입니다.

안중근 의사가 하얼빈 역두에서, 그리고 윤봉길 의사가 상해 홍구공원에서, 일제 침략자들에게 그렇게도 침착하게 행동할 수 있었던 것도 알고 보면 위기와 죽음 속에서 죽음을 초월하는 진정한 삶을 보았기 때문임을 알 수 있습니다."

　　지금 각 병원에서 환자들로부터 메르스에 감염되어 쓰러져 가면서도 자기 직무에 충실하게 복무하는 의사와 간호사들이야말로 조의선인과 의병들의 정신을 그대로 이어 받은 진정한 후예들임을 알 수 있습니다."

유승민과 사회주의

2015년 7월 8일 수요일

우창석 씨가 말했다.

"선생님, 메르스가 한풀 꺾이는가 싶더니 요즘은 유승민 새누리당 원내 대표의 거취 문제를 놓고 온갖 매스컴이 일제히 열띤 토론을 벌이고 있습니다.

문제의 발단은 박근혜 대통령이 여야 의원들이 밀실 야합한 국회 법 개정안에 거부권을 행사한 데서 비롯되었습니다. 바로 이 밀실 야합에 유승민 대표가 깊숙이 관련되어 있는데, 박근혜 대통령은 이에 대하여 심한 배신감을 느끼고 그가 여당 원내 대표직에서 사퇴할 것을 요구한 것으로 알려져 있습니다.

지금까지의 여론 조사에 따르면 유승민 의원의 사퇴에 야당 지지 층에서 반대 36%, 찬성이 31%이고, 여당 지지 층에선 찬성 45%, 반대 26%입니다. 선생님께서는 이에 대하여 어떤 견해를 가지고 계신지 알고 싶습니다."

"유승민 의원이 여야 밀실 야합에 깊숙이 관련되었다는 것만 알려졌을 뿐 구체적으로 그가 무슨 잘못을 저질렀는지는 어느 매스컴에서도 그리고 그 숱한 논객들 중 어느 누구도 구체적으로 똑 부러지게 언급하지 않았습니다. 그 내막을 알아야 그의 사퇴가 정당한지의 여부를 어느 정도 내 나름으로 판단을 할 수 있을 것 같습니다.

　지금 같아서는 그가 대통령으로부터 심한 배신감과 불신을 샀다는 것 외에는 구체적인 정보가 없으니 뭐라고 내 견해를 말하기가 어렵긴 하지만 일단 대통령의 불신을 산 이상 원활한 국정 운영을 위해서라도 사퇴하는 것이 이치에 맞는다는 정도밖에는 말할 수가 없습니다.”

　“저 역시 선생님과 같은 생각이었습니다. 그런데 7월 1일자 조선일보 A31면에 게재된 ‘국민행동본부’의 광고를 보고서야 비로서 유승민 대표가 무슨 잘못을 저질렀는지 구체적으로 확실하게 알 수 있었습니다.”

　“그래요? 그럼 그 내용을 좀 간단하게 요약하여 소개해 주시겠습니까?”

　“그러죠. 유승민 의원은 지난(2015년) 4월 원내교섭단체 대표 연설에서 좌파적 계급투쟁 이론에 입각한 시각을 극명하게 노출시켜 애국 세력으로부터는 비판을, 좌파세력으로부터는 칭찬을 동시에 받았습니다.

　그는 노무현의 양극화 선동을 높게 평가하면서 ‘가진 자, 기득권 세력, 재벌대기업 대 빈곤층, 실업자, 비정규직, 신용불량자로’ 나누는 계급적 관점에 입각, 대기업을 ‘정부의 특혜와 국민의 희생으로 성장을 이룬’ 부도덕한 집단으로 매도하였고, 경제 발전의 암적 존재인 노동 귀족이나 강성 노조에 대해서는 단 한마디도 언급하지 않았습니다. 이것이 제가 파악한 핵심 부분입니다.

　국민행동본부의 이러한 발표에 대하여 유승민 대표로부터 이의가 있으면 무슨 반응이든지 있어야 하는데 아무 낌새도 없는 것을 보면 그 정보에는 이상이 없는 것 같습니다."

"그만하면 됐습니다. 그 정보가 확실하다면 나는 유승민 의원이 북한식 사회주의자라는 것을 지금 처음 알았습니다. 내가 북한식 사회주의자라는 말을 쓴 것은 북한을 제외하면 지구촌 전체에서 아직도 사회주의 경제 체제를 고집하는 나라는 전무하기 때문입니다.

그렇습니다. 지구상에서 북한 외에는 그 비능률성과 낮은 생산성 때문에 사회주의 경제체재를 유지하는 나라는 물거품처럼 깡그리다 사라져 버렸습니다.

이미 25년 전에 사회주의 경제 제도는 소련과 동유럽 공산권이 공중 분해되면서 북한을 빼놓고는 한꺼번에 모조리 다 썰물처럼 자취를 감추어버렸습니다.

사회주의 경제는 노무현 정부가, 전세계가 놀랄 정도로 급속 성장하여 온 한국 시장 경제에 끈질기게도 적용하려다가 우리 경제의 추진력을 한때 마비시킴으로써 크게 논란을 일으킨 바 있습니다.

이것과 함께 임기 직전에 김정일과 성급하게 체결한 10.4 공동 성명 때문에 노무현 전 대통령의 인기도는 9.9%까지 추락하였고 17대 대선에서 그의 후계자인 정동영 후보는 이명박 후보에게 536만 표의 압도적 표차로 참패함으로써 국민의 심판을 이미 받을 만큼 충분히 받았습니다.

그렇건만 유승민 의원은 지금 와서 가리 늦게 그 케케묵은 낡아빠진 북한식 사회주의를 또 들먹이다니 아무래도 상식적으로는 이해를 할 수 없습니다. 그뿐 아니라 그런 사람을 새누리당 원내 대표로까지 진출하도록 김무성 대표를 비롯한 여당 고위층은 도대체 지금까지 뭘 하고 있었는지 이해를 할 수 없습니다.

통합진보당이 헌법재판소 판결에 따라 해체된 것은 그들이 북한식 사회주의를 대한민국에 이식함으로써 대한민국을 폭력으로 전복하려고 시도했기 때문입니다.

유승민 의원이 지난 4월에 원내대표 교섭단체 대표 연설에서 위에 말한 바와 같은 좌파적 계급투쟁 논리에 입각한 시각을 피력한 것이 사실이라면 그는 지금, 당장, 아무 미련 없이 새누리당 원내 대표직을 반납하고 그의 이념을 환영하는 좌파 정당으로 소속을 바꾸어야 온당할 것입니다.

왜냐하면 그의 사상과 이념은 박근혜 대통령은 말할 것도 없고 새누리당 이념과도 전연 어울리지 않기 때문입니다."

공정과 평등

"결국은 전세계에서 그 유효 기간이 이미 25년 전에 끝나버린 사회주의가 문제군요. 최신 보도에 따르면 사회주의 경제 제도를 끝까지 고수하겠다고 공언하여 온 김씨 왕조가 지배하는 북한 경제마저도 지금 90%까지 이미 암시장(暗市場)인 장마당 세력에 의해 잠식당하고 있다고 합니다.

북한에서 공식적으로 배급을 받는 극소수의 당 고위 간부 층 1% 외에는 거의 대부분의 북한 주민들은 바로 이 암시장에서 아낙네들이 하루하루 장사를 하여 벌어들이는 양식으로 겨우 입에 풀칠을 하고 있습니다.

가만히 있어도 북한은 조만간 어쩔 수 없이 그 경제가 장마당 세력에게 넘어가지 않고는 북한 주민이 살아나갈 수 없는 구조로 점차 바뀌어 가고 있습니다.

장마당에서는 북한 화폐는 일절 유통되지 않고 오직 미국 달러와 중국의 위안화만이 통용되고 있는데 돈만 있으면 컴퓨터 칩, 화장품에서 자동차, 중장비에 이르기까지 없는 것이 없다고 합니다."

"그런데도 그러한 북한식 사회주의가 뭐가 좋다고 유승민 새누리당 원내 대표씩이나 하는 사람이 그처럼 따르려고 하는지 저는 아무리 이해를 하려 해도 도대체 이해를 할 수 없습니다.

아무래도 그들은 공산주의에 깡그리 환장한 사람들이 아닙니까? 선생님께서는 어떻게 생각하십니까?"

"2003년부터 2008년까지 대한민국 제16대 대통령을 지낸 노무현 대통령까지도 한국 경제를 빈부격차 없이 공평하게 만들어야 한다면서 사회주의로 개조하려고 임기가 다하는 마지막 순간까지 기를 쓰다가 물러났는데 왜 그런 사람들을 이해할 수 없다고 하십니까?"

"그럼 선생님은 이해할 수 있습니까?"

"있고 말고요."

"어떻게 말입니까?"

"방금 우창석 씨도 말하지 않았습니까?"

"제가 뭐라고 말씀 드렸는데요?"

"아무래도 공산주의에 깡그리 환장한 사람들이 아닙니까 하고 말하지 않았습니까?"

"그랬죠."

"바로 그겁니다. 그 사람들은 공산주의에 환장해버린 사람들입니다. 무엇에 환장해버린 사람들은 아무리 겉모습은 점잖고 유식하고 신사다워도 제 정신을 가진 사람이 아니고 무지개나 신기루를 쫓는 철없는 아이들처럼 귀신에게 홀려버린 사람들입니다. 그들은 공평(公平)과 평등(平等)을 구별할 줄 모르는 정신적 지진아(遲進兒)라고 말할 수 있습니다."

"도대체 왜 그런 사람들이 자꾸만 생겨납니까?"

"순리(順理)를 따르지 않기 때문입니다."

"순리라뇨?"

"자연의 이치(理致)를 말하는 겁니다. 공산주의, 사회주의가 실패한 이유는 순리 즉 자연의 이치를 따르지 않았기 때문입니다. 명심보감에도 순천자(順天者)는 흥(興)하고 역천자(逆天者)는 망한다고 나와 있습니다.

미국 어느 대학 교수가 시험을 싫어하고 평등한 학점을 요구하는 학생들을 상대로 실험을 한 일이 있습니다. 제일 마지막으로 친 시험 성적의 평균 점수를 학생들에게 공평하게 나누어 주고 나서 그 다음 시험 점수는 답안을 잘 쓴 학생이든 못 쓴 학생이든 무조건 이 평균 점수를 주었습니다.

그러자 학생들은 처음에는 시험 성적에 신경을 쓰지 않아도 되어 좋다고 환영했습니다. 그러나 이것이 계속되자 학생들은 답안을 잘 쓴 학생이나 못 쓴 학생이나 똑 같은 점수를 주는 것은 각자의 실력과 경쟁력을 무시했으므로 공정하지 못하다고 불평했습니다.

그리고 그들은 공부를 잘해도 못해도 똑 같은 점수를 준다면 구태여 시험을 잘 보려고 공부할 필요도 없다면서 너도 나도 공부를 하지 않아서 그들의 학력은 일제히 계속 떨어졌습니다. 평등을 주장하다가 그들은 평등 못지않게 중요한 공정이 무시된다는 것을 깨닫게 되었습니다.

그럼 평등이란 무엇인가요? 평등이란 일정한 자격을 구비한 육상선수는 누구든지 차별 없이 그야말로 평등하게 똑 같은 출발 선상에 일직선으로 설 수 있는 것을 말합니다.

위에 말한 교수가 맡은 학생에게 있어서 평등이란 그 학급에 소속된 학생은 누구도 차별받지 않고 남들과 동일한 시간과 공간에서 공부하고 시험을 칠 수 있는 권리를 갖는 것을 말합니다.

그러나 학생 각자가 시험을 잘 치르고 못 치르는 것은 각자의 실력에 속하는 사항이고 이것을 엄정하게 관리하는 것은 공정에 속하는 사항입니다.

다시 말해서 공평하게 스타팅 라인을 출발한 선수들은 동일한 시간에 출발할 수 있어도 컷 라인에 도착하는 시간은 똑 같을 수 없는 것은 자연스럽고도 당연한 일이며 이것은 당연히 공정하게 관리되어야 합니다.

사회주의 경제는 이 공정과 평등을 동일시했습니다. 바로 이 때문에 소련은 사회주의 경제를 기반으로 한 소비에트 사회주의 연방이라는 거대한 국가 연방을 세워 놓고, 3억 이상의 반동분자들을 처형한 뒤 74년 만에 미국과의 군비경쟁에서 패배하여 일시에 어이없이 무너져버리고 만 것은 누구나 다 아는 일입니다.

그런데도 불구하고 아직도 사회주의 경제를 추구하는 사람들이 존재하는 것은 있는 사람의 사유 재산을 압수하여 없는 사람에게 공평하게 나누어 줌으로써 재산의 불평등을 없애준다는 그 짜릿하고도 미련한 공산주의 사상에 철없는 아이들이 무지개와 신기루에 홀려버리듯, 아예 뿅 가 버렸기 때문입니다."

"그러나 유승민 대표는 그러한 사회주의를 반대하는 새누리당의 원내 대표가 아닙니까?"

"물론입니다."

"그렇다면 가진 자, 기득권 세력, 재벌 대기업 대 빈곤층, 실업자, 비정규직, 신용불량자로 나누어 불화와 투쟁을 조장하는 새정치민주연합에 당연히 들어갔어야 합니다. 그런데도 불구하고 그 대신 공정과 평등을 동시에 추구하는 새누리당에 들어간 것은 무엇 때문일까요.

유승민 의원은 늘 따뜻한 보수, 정의로운 보수를 입버릇처럼 말해오지 않았습니까? 이것은 한 입으로 두 가지 목소리를 낸 것이 아닙니까?"

"그것은 여야를 아우르는 큰 정치인 예컨대 대통령으로 부상할 때까지 갖가지 경륜을 쌓기 위해서 그랬을 겁니다. 마치 잠용(潛龍)이 때를 기다리듯 말입니다. 그래서 그는 중재자로 양쪽을 왔다 갔다 하면서 양의 탈을 쓴 늑대처럼 은인자중 큰 용이 될 수 있는 힘을 기르고 있었던 것입니다.

그 때문에 그는 일찍이 여야 밀실 야합의 고수로서의 명성을 크게 드날리고 있었던 것이 아닌가 생각됩니다."

"그러한 그가 6월 25일 박근혜 대통령의 국회법 개정안에 대한 거부권 행사 이후 2주 동안 원내 대표직 사퇴를 끈질기게 거부해 오다가 7월 8일 원내 의총 결의에 따라 순순히 여당 원내 대표직을 마침내 사퇴한 것은 무엇을 말하는 것일까요?"

"1보 전진을 위한 2보 후퇴일 것입니다. 그러나 공정과 평등이라는 자연의 섭리를 무시한 맹목적인 북한식 사회주의에서 완전히 깨어나지 못하는 한 그는 결코 성공한 정치인이 되기는 어려울 것입니다."

"북한식 사회주의에서 완전히 깨어나는 것 외에 그가 지금부터 해야 할 일은 무엇입니까?"

"지금은 내공(內功)이 거의 되어 있지 않아서 정치인으로는 낙제입니다."

"그럼 어떻게 내공을 해야 합니까?"

"지금이라고 올바른 스승을 만나 본격적인 내공에 들어가야 합니다."

"스승을 만나지 못하면 어떻게 합니까?"

"혼자서라도 마늘과 쑥을 한짐 지고 토굴 속에 들어간다는 비상한 각오로 내공에 들어가야 합니다.

내공이란 자기 잘못을 스스로 고치는 능력을 배양하는 수행입니다. 따라는 내공을 모르는 사람은 무슨 일을 해도 성공을 하지 못하게 되어 있습니다.

그리하여 그 내공의 결과 적자생존(適者生存), 약육강식(弱肉强食)의 이치를 깨닫고, 흑묘백묘(黑猫白猫), 실사구시(實事求是), 상부상조(相扶相助) 정신을 자유롭게 구사할 수 있어야 합니다. 거듭 말하지만 그는 자연의 이치와 상반되는 북한식 사회주의 이념을 마음속에서 깡그리 청산하지 않고는 결코 성공한 정치인이 되기는 어려울 것입니다."

고집부리지 말고 겸손해야

우창석 씨가 말했다.

"선생님, 제가 연속 방송극을 하나 보고 있는데요. 그 줄거리를 간단하게 말씀드리겠습니다. 결혼 경험은 있지만 독신인 두 중년 남녀가 사귀다가 서로 깊이 사랑하게 되어 양가 부모의 허락까지 얻어 상견례를 치르고 결혼식 날짜까지 잡혀서 양가에서 한창 결혼 준비를 서두르고 있었습니다.

그런데 호사다마(好事多魔)라고 뜻밖에도 몇 해 전에 두 사람 사이에 있었던 뼈아픈 과거사의 비밀이 우연히 폭로되고 말았습니다. 남자에게는 중학교에 다니는 남자 아이가 있었는데 공교롭게도 같은 학교의 같은 반에 여자의 아들도 다니고 있었습니다.

방과 후 길거리에서 두 아이들 사이에 편싸움이 벌어졌습니다. 남자 쪽 아이가 힘이 세다는 것을 안 여자의 사내아이는 정신없이 도망을 치다가 달려가는 승용차에 치어서 숨을 거두고 말았습니다.

3년 전에 있었던 잊고 싶었던 뼈아픈 과거사를 알게 된 여자는 '자기 아들을 죽인 원수인 그 학생의 아버지와는 비록 서로 깊이 사랑하는 사이라고 해도 인륜 도리상 절대로 결혼을 할 수 없다'고 단호하게 거절했습니다.

그러나 남자와 그의 아들은 여자 앞에 무릎을 꿇고 깊이 사죄를 하면서 이 불상사로 인하여 여자가 요구하는 무슨 요구든지 성의껏 받아들이겠다면서 충심으로 용서를 구했습니다. 그러나 여자는 '안 됩니다'는 단 한마디로 거절했습니다.

남자는 자신의 아들과의 싸움이 원인이 되어 그런 사고가 난 것은 사실이지만 일종의 교통사고로서 상대를 의도적으로 살해한 사건과는 다르다고 말하면서 계속 용서를 구했습니다. 그러나 여자는 거절 일변도입니다.

만약에 이들 남녀가 자신들의 처신에 대하여 조언을 구한다면 선생님께서는 뭐라고 말씀하시겠습니까?"

"우선 여자에게 지금의 격앙된 흥분이 완전히 가라앉을 때까지 상당 기간 냉각기를 가지라고 권고할 것입니다.

냉각기가 끝나고 다시 그전의 평상심을 회복했는데도 남자에 대한 애정이 회복되지 않고 '아들을 죽인 원수의 아버지'로만 남았다면 남자에 대한 그녀의 애정은 한갓 허상이거나 그 사건으로 인하여 그 허상마저 완전히 날아가 버린 것으로 알고 이번 혼사는 처음부터 인연이 없었던 것으로 알고 끝내버리는 것이 피차 좋을 것이라고 말할 것입니다. 남자만의 짝사랑으로는 결혼은 성립될 수 없으니까요."

"그렇다면 두 남녀의 자녀 사이의 불상사는 이들의 결혼에 치음부터 장애가 될 수 없다는 얘기가 되는가요?"

"냉정하게 성찰해보면 그렇습니다. 그 불상사는 남녀가 서로 알지도 못하고 지냈던 과거에 있었던 일이고 이미 정리가 끝난 과거사일 뿐입니다. 두 사람의 애정이 이러한 장애를 극복할 수 없을 정도로 허약한 것이었다면 처음부터 사랑 같은 것은 시작하지 않는 것이 좋았을 것입니다.

일체의 과거사는 이미 끝나버린 것이어서 지금 새삼스레 어떻게 할 수 있는 성질의 것이 아니기 때문입니다.

그들이 결혼을 할 경우 아무래도 그런 불상사가 꺼림칙하여 아무 일도 없었던 것 같지는 않겠지만, 두 사람 사이에 사랑만 있다면, 여수 순천 반란 사건 때 친 아들을 죽인 청년을 양아들로 삼은 사람도 있는 것을 감안하면, 이런 과거의 불상사는 얼마든지 극복해 나갈 수 있는 일입니다. 사랑은 그렇게 모든 것을 녹여버리는 위대한 연금술사이기 때문입니다."

"과연 그럴 수 있을까요?"

"현상계에서 살아가는 사람들은 깊은 성찰을 해 보면 결국은 본래 너와 내가 따로 없는 하나임을 알 수 있기 때문입니다. 그런 걸 생각하면 이 세상에 원수라는 것은 원초적으로 존재할 수 없다는 것도 알 수 있습니다. 그런데도 불구하고 공공연하게 결혼 상대였던 남자의 아들을 보고 원수 운운하는 여자의 발언은 듣기에 심히 민망할 정도입니다."

"남자보다는 내공이 덜 되었기 때문일까요?"

"그렇다고 볼 수 있습니다. 자기 앞에 무슨 난관이 닥쳐왔을 때 그것을 극복하기 위한 자기 성찰을 해 볼 생각은 하지 않고 다만 학교에서 배운 대로 이 세상을 서구식 이분법적(二分法的) 흑백논리(黑白論理)로만 보려고 할 때 그런 일이 벌어집니다.

이 세상은 청음부터 나와 너 또는 흑과 백으로 나눌 수 있는 성질의 것이 아니기 때문입니다. 삼라만상은 처음부터 하나이면서 둘이고 둘이면서 하나일 뿐 아니라 검으면서도 희고 희면서도 검고 하나이면서도 전체이고 전체이면서도 하나이기 때문입니다. 따라서 이 세상에 고정불변하는 것은 아무 것도 없다는 것을 알아야 합니다.

예수 믿는 사람을 보이는 족족 잡아 죽였던 일개 살인청부업자에 지나지 않았던 사울이 예수의 성령에 접하자 어느 사이에 사도 바울로 변신하여 현재의 기독교 교회의 초석을 쌓은 성인이 되었습니다.

그런가 하면 일본 강점기에 다카키 마사오라는 일본군 소위였던 박정희 전 대통령은 몇 번의 변신 끝에 대한민국에 경제 기적을 가져온 온, 우리 국민뿐 아니라 전세계인들의 존경을 받는 한국의 대통령으로 거듭났습니다.

그런데도 종북 행위로 해산된 통진당 대표였던 이정희 씨는 지금도 박정희 전 대통령이 일본 천황에게 충성을 맹세한 다카키 마사오 일본군 장교였다는 것만을 염불처럼 되뇌고 있습니다. 허상만 보았지 실상은 보지 못했기 때문입니다.

문제의 그 여자도 무엇이 실상이고 무엇이 허상인가를 똑바로 깨달으면 생각이 달라질 것입니다. 왜냐하면 이 세상 모든 일과 그로 인해서 발생하는 행복과 불행은 마음을 어떻게 먹느냐에 달려있으니까요.”

“듣고 보니 그 여자에게는 2차원 세계에 사는 존재에게 4차원 세계로 도약하라는 주문과 같이 어려운 것으로 생각됩니다. 어떻게 하면 그렇게 될 수 있겠습니까?"

"고집부리지 말고 겸손하면 누구나 다 그렇게 될 수 있을 것입니다."

서민 청년과 재벌 외동딸

우창석 씨가 말했다.

"그럼 이번엔 서민층 청년과 모 재벌 외동딸과의 사랑 이야기를 해 볼까 합니다. 바로 그 문제의 재벌이 경영하는 병원에서 근무하는 유능한 청년 의사와 이 병원의 관리부장 직을 맡고 있는 재벌 딸이 우연히 알게 되어 서로 사귄 결과 결혼 소문이 파다하게 직원들 사이에서 회자될 정도로 가까운 사이가 되었습니다.

그렇지 않아도 관례에 따라 비슷한 재벌 자녀들 사이에서 배필을 구하던 그녀의 부모는 이 소문에 접하자 벼락이라도 맞은 듯 화들짝 놀라 자빠질 지경이었습니다.

그들은 딸을 엄하게 단속하는가 하면 딸의 아버지인 재벌 총수는 길을 걸어가는 그 청년 의사를 무조건 자기 차에 태우고는 대뜸 하는 말이 '서민 자제인 주제에 언감생심 재벌 외동딸에게 눈독을 들이느냐면서 자기 딸과의 결혼은 적어도 자네가 지금의 부모형제와 완전히 인연을 끊고 데릴사위로 들어올 각오가 되어 있지 않는 한 꿈도 꾸지 말라'고 호통을 쳤습니다.

그런가 하면 딸의 어미는 대낮에 예고도 없이 청년의 집에 불쑥 나타났습니다. 때 마침 집을 지키고 있던 청년의 할머니에게 '예전에는 개천에서 용 나는 기적도 간혹 있었지만 요즘은 세상이 온통 바뀌어 용은 큰 바다가 아니면 절대로 나올 수 없다'고 말했습니다. 그리곤 1억짜리 수표가 든 봉투를 내놓으면서 부디 이 집 청년이 자기 딸과 결혼할 생각을 단념해 달라면서 휙 사라졌습니다.

그 1억짜리 수표는 청년에 의해 곧 반환되었지만 이러한 일들로 충격을 받은 남자는 재벌 외동딸인 애인에겐 연락도 없이 장기 휴가를 얻어 농촌 봉사대로 훌쩍 떠나버렸습니다. 그리고 또 다른 당사자인 병원 관리부장인 재벌의 외동딸은 그녀대로 그와의 연락이 끊어져 애가 타서 어쩔 줄을 모르고 전전긍긍입니다.

만약에 그 재벌 외동딸이 찾아와 조언을 구한다면 선생님께서는 뭐라고 대답해 주시겠습니까?"

"그 얘기를 듣고 보니 고구려 25대 평원왕의 외동딸 평강 공주와 바보 온달의 이야기가 문득 떠오릅니다. 누구나 다 아는 일이지만 평강공주는 온달의 아내입니다. 평강 공주는 어릴 때 노상 징징거리고 울기를 잘하는 통에 아버지로부터 울음을 그치지 않으면 바보 온달에게 시집 보내버리겠다는 위협조의 농담을 듣고 자랐습니다.

공주가 16세였을 때였습니다. 부왕이 상부(上部) 고씨(高氏) 집안 자제에게 공주를 시집보내려 하자 그녀는 과감하게 이를 거부하고, 평소에 준비해 왔던 패물을 몸에 지닌 채 궁궐을 뛰쳐나와 그 가난하고 무식한 온달을 찾아 그들 모자를 설득하여 부부의 연을 맺었습니다.

그 후 그 패물을 팔아 집과 논밭 등을 마련하고 온달에게 학문과 무예를 가르쳐 고구려에서 가장 훌륭한 장군이 되게 하였고 마침내 남편인 온달로 하여금 국가의 간성으로 키워내고야 말았습니다.

지금의 한국 사회에서의 재벌의 외동딸은 바로 고구려의 평강 공주와 흡사한 위치에 있지 않나 생각됩니다. 그녀가 나를 찾아와 자문을 구한다면 나는 그녀에게 물을 것입니다.

평강공주가 상부 고씨의 아들과 결혼시키려는 왕의 의도를 정면으로 거부하고 궁궐을 뛰쳐나와 온달과 결혼하였듯이, 재벌 외동딸의 지위를 박차버릴 자신이 있는가 하고 말입니다.

왜냐하면 여기서 그녀의 상대인 청년 의사는 재벌 딸처럼 사랑을 위하여 기존의 지위와 호사를 떨쳐버릴 수 있는 아무런 특권도 지위도 없는 인물이기 때문입니다."

"결국 재벌 딸의 처신 여부에 혼사의 성패가 달려 있다는 말씀이시군요."

"그렇습니다. 그 재벌 외동딸에게 평강 공주와 같이 자신의 뜻을 실천할 만한 강인한 의지와 과감한 결단력이 과연 있는가 하는 것이 그들 두 남녀의 운명을 결정짓게 될 것입니다. 그러나 여기서 주목할 것은 그 재벌 외동딸은 평강 공주보다는 훨씬 더 유리한 위치에 있다는 것을 알아야 할 것입니다."

"그게 뭐죠?"

"평강 공주는 단 한번도 만나본 일 없는, 아는 것이란 오직 늙은 어미를 부양하는 가난하고 무식한 나무꾼에다 떠꺼머리 총각이라는 것밖에 아무것도 없었건만 평강 공주는 백척간두에서 그녀의 일체를 내 던지듯, 그야말로 용감무쌍하게 온달과의 결혼을 일사천리로 밀어붙였습니다.

그러나 그 재벌 외동딸의 상대는 비록 서민이긴 하지만 일류대학을 나온 유망한 의사이고 게다가 둘은 서로 열렬히 사랑하는 사이라는 이점이 있음을 고려할 때 그녀가 망설일 이유는 전혀 없다고 봅니다.

만약에 여기서 계속 발만 동동 구른다면 그녀는 평강 공주의 반열에는 도저히 낄 자격이 없는 한갓 속물로 전락되고 말 것입니다."

국회의원은 150명쯤 줄여야 한다

2015년 7월 29일 수요일

우창석씨가 말했다.

"선생님 요즘 야당에서는 국회의원을 현재의 3백 명에서 90여 명 더 늘이자는 주장이 대두되고 있습니다. 국회도 국민의 세금으로 운영되니까 납세자의 입장에서 선생님도 이에 대하여 한 말씀해 보시는 것이 어떻겠습니까?"

"나는 현재의 3백 명의 국회의원도 너무 많다고 생각하는 사람입니다."

"그럼 얼마 정도가 적정선이라고 생각하시는지요?"

"나는 100명 내지 150명으로 확 줄이는 것이 좋겠다고 생각하는 사람인데, 줄이기는커녕 90명을 더 증원하다니 말도 안 됩니다.

모이면 긴급을 요하는 산적한 안건을 심의하여 통과시킬 생각은 하지 않고 싸움질로 그 아까운 세월을 보내는 그들입니다. 그 산적한 안건들 중에서도 내가 가장 관심을 갖고 있는 법안이 바로 유엔에서 결의된 북한인권법입니다.

이 법은 북한을 지지하는 중국과 소련을 위시한 극소수의 친북 국가들을 빼놓고는 전세계의 나라들이 전부 다 그들의 국회에서 통과시켜 지옥과 같은 인권 사각 지대에서 신음하는 북한 동포들을 물질적으로 돕고 있습니다.

그런데 피를 나눈 같은 동포로서 그들을 제일 먼저 도와야 할 우리나라가 바로 그 법이 국회에서 통과되지 않아 기아에 허덕이는 북한 동포들을 돕고 싶어도 돕지 못하고 있으니 안타깝기 짝이 없습니다.

그 이유는 대한민국 국회에서 제일 야당이 국회선진화법을 믿고 무려 10년 동안이나 이 법안을 깔고 앉아 늑장을 부리기 때문입니다. 늑장을 부리는 이유는 북한 당국의 심기를 자극할 우려가 있다는 것입니다.

바로 그 때문에 다수표를 확보하고 있으면서도 여당은 속수무책으로 세월만 보내고 있습니다. 무책임한 야당이 하는 짓도 괘씸하기 짝이 없지만 다수당이면서도 국회선진화법 핑계만 대고 속수무책으로 세월만 보내는 여당도 괘씸하기는 마찬가지입니다.

국회선진화법 때문이라면 그런 잘못된 비민주적인 악법은 당연히 개정을 해야 하는데도 그런 노력도 하지 않고 하늘만 쳐다보고 있으니 그게 무슨 집권 여당의 국회의원입니까?

이것이야말로 국회의원의 임무를 저버린 반국가 행위가 아닐 수 없는데, 오죽했으면 국회의원이 아니라 국해(國害)의원이란 말이 유행하고 있겠습니까?

거기다가 그 수효까지 더 늘여 놓으면 훨씬 더 싸움질을 많이 할 것이므로 지금보다 한층 더 비능률적인 작태를 연출할 가능성이 높습니다.

설상가상으로 국회의원이 90명 이상 늘어나면 세금 부담으로 가뜩이나 휘어진 국민의 등은 한층 더 휘어지게 될 것입니다.

국회의원 한 사람이 늘어나면 연간 7억 원이 더 들어갑니다. 90명을 더 늘리면 630억 원이 더 들어가고 이것이 4년 동안 지속될 경우 2,520억 원이 더 들어갑니다.

국회의원이 늘어나면 여야당 간부들에게는 공천하는 재미도 있어서 좋을 것입니다. 그러나 유권자들에게는 아무 이득도 돌아오는 것 없이 부담만 더 늘어나게 될 것이니 나 같은 별 볼 일 없는 서민의 입에서도 볼멘소리가 터져 나올 수밖에 더 있겠습니까?

그뿐이 아닙니다. 대한민국 국회의원은 세계에 유례를 찾아볼 수 없는 특권 귀족입니다. 일하지 않아도 고액 연봉에다가 비서진만 7명씩이나 거느리고 거들먹대면서 온갖 큰 소리는 다 칩니다.

그러고도 모자라 별별 특권을 다 부립니다. 그런데도 불구하고 그들은 국가에 유익한 일보다도 해로운 짓들을 더 많이 하는 것으로 국민들의 눈에는 비칩니다.

그들의 안중에는 핵과 미사일을 앞세운 북한의 적화야욕도 휴전선도 없습니다. 그러므로 당연히 애국심도 없습니다. 그래서 야당 대표라는 사람은 천안함이 북한군에 의해 침몰당한 지 5년이 지난 뒤에야 그 사실을 인정하는 한심한 작태를 연출했습니다.

그러고도 모자라 걸핏하면 개인의 자유를 신장한다는 구실을 내세워 적에 과한 국가기밀까지도 어떻게 하든지 까발림으로써 국가의 정보 기능을 약화시키려고 혈안이 되어 있습니다. 이것은 이적행위가 아닐 수 없습니다.

　그들을 고용한 건 국민이건만 제아무리 국민의 말을 안 들어도 4년 동안은 해고도 할 수 없어 요지부동입니다. 거듭 말하지만 90여 명을 증원하기보다 150명 정도로 확 줄여버렸으면 10년 묵은 체증이 확 씻겨 내려간 듯 속이 시원해질 것 같습니다.

　그렇게 줄여 놓고 나서 그들이 국회에서 국회선진화법 같은 비민주적인 악법도 없애버리고 싸움질 하지 않고 맡은 일을 제때에 열심히 완수했는데도 밤일을 해야 할 정도로 업무량이 계속 폭주한다면 그때 가서 국회의원을 증원하는 문제를 진지하게 고려해 볼 수도 있을 것입니다. 그러나 지금은 절대로 그럴 때가 아닙니다.”

[이메일 문답]

11차 선도 수련 체험기(북유럽 중국 여행기 포함)

신 성 욱

2014년 8월 12일

이번 북유럽 여행에 러시아의 AEROFLOT 항공을 이용했다. 승무원은 웃음이 없고, 음료수는 모두 미지근하고, 찬 것은 단 하나의 얼음덩어리.

내 마음 속의 러시아는 철의 장막, 공산독재, 그러나 모스크바 붉은 광장에서 크레믈린 궁과 주변 유적지를 둘러보며 그들이 만들어 놓은 독창적 예술에 감탄했다. 사상이란 그 시대를 지배하는 권력일 뿐 조상들이 만들어 놓은 문화의 뿌리를 바꿀 수는 없었다.

모스크바에 사는 우리 교민은 유학생까지 2,000명 정도라니 아직도 우리에겐 멀고 먼 나라, 그들의 이야기는 요즈음 싸이(본명 박재상)의 강남스타일 말춤 덕분에 현지인과의 사이가 많이 좋아졌다고 했다.

전에는 한국을 북한과 같이 못 사는 나라라고 생각했으나 싸이 열풍 이후 삼성, LG, 현대의 제품들을 한국 상품으로 알기 시작하면서 교민들이 선진국 국민으로 대접을 받고 있다니 정말 뜨거운 소식이었다.

2014년 8월 14일

ST PETERSBURG(구 LENINGRAD) 시가지 전체가 아름다운 건축물로 UNESCO 세계문화 유산으로 등록되어 있었고 인근 여름 궁전은 표토르 대제가 건설한 걸작품으로 파리의 베르사이유 궁전과 비슷했다. 이곳 역시 유럽풍의 문화 도시였고 러시아 향기를 느낄 수 있는 곳은 상점과 시민들의 무뚝뚝한 표정뿐.

여행 중 물은 현지 생수를 먹었으나 어제부터 설사가 나고 아랫배가 차가워지니 현재 나의 선도 능력으로는 막을 수 없었다. 금년 해외여행 3번 모두 설사로 고생한 것은 체질개선의 신호라고 생각된다.

2014년 8월 18일

노르웨이의 대표적인 관광지 게이랑게르 피오르는 북위 60도에 위치해 있었다. 우리는 배를 타고 좁은 바다 물길을 따라 좌우 벼랑에서 내려오는 폭포수와 기암괴석을 보며 1시간 10분 동안 즐겼다. 돌아오는 길에 세계 최장 도로 터널(이름=라르달, 길이=24.5km)을 버스가 시속 80km/h로 달려도 18분 20초나 걸려 타고 있는 우리가 지루하니 운전기사는 얼마나 신경을 썼을까?

이곳 노르웨이는 호수가 많아 수력발전으로 생산된 전기가 남아 이웃나라에 무상으로 주고 있으나 호텔의 전등불은 희미하고 에어컨도 사용하지 않는 그들의 검소함에 고개가 숙여졌다. 왜 우리는 가을철에도 자가용이나 대중교통 수단에서 모두 에어컨을 켜야 성이 차는지?

덴마크 관광 중 여왕이 자전거를 타고 시장을 보고 장관도 자동차와 비서가 없이 직접 일을 한다는 현지 가이드 이야기를 들으며 그들을 다시 한번 생각하게 했다.

이곳 핀란드, 노르웨이, 덴마크는 인구 5백만 명, 스웨덴은 9백만명인 작은 나라지만 핀란드에는 NOKIA 전자, 스웨덴은 VOLVO 자동차, 노르웨이는 노벨상, 세계 5위 석유수출국, 전세계 총 주식의 1% 보유, 덴마크에는 CARSBERG 맥주, NOVO NORDISK 제약, LEGO 장난감 회사를 가진 알찬 국가들이었다.

2014년 8월 26일

삼공 선생님이 나의 『선도체험기』(10차)를 보시고 붓다의 호흡법을 비롯하여 어떤 수련기법도 자신에게 적합하면 해도 좋으나 수련 후 특정 부위가 아프면 관찰하고 그래도 계속 아프면 미련 없이 그만두라 하시어 오늘부터 수련 초기와 같이 짧은 호흡으로 (들이쉴 때 하단전을 최대한 팽창하고 내쉴 때는 최대한 수축) 바꾸었다.

2014년 8월 29일

자기 전 좌우 용천이 화끈, 기가 하단전으로 들어오고 귀에 열이 나는 느낌, 조금 후 좌우 장심으로 기가 들어와 하단전으로 모이는 것 같았다.

2014년 9월 7일

삼공재 수련 후(2010년 6월 15일) 해외여행으로 수련이 지연되는 일수를 적어보았다. (앞 해외여행 기간 뒤 귀국 후 회복기간). 이것은 몇 년 후 이런 것을 알고 싶어 하는 수련자가 있을 것으로 생각하고 기록으로 남겨본다.

해외여행 중 선도수련은 아침, 저녁 각 1시간씩 하였으나 기가 국내보다 약하고 마음이 안정되지 못한 것은 아직까지 수련이 깊지 못하기 때문이고 귀국 후 약 20일간 열심히 수련하지 않으면 출국 전의 운기 상태를 되찾을 수 없었다. 올해부터 해외에서 설사와 동시 아랫배가 차가워지는 것은 아무리 노력해도 현지에서는 회복되지 않았으나 내가 만약 소주천이라도 되었다면 이런 문제는 없었을 것이다.

2010년 8월 말레이시아	5일 + 10일
2011년 7월 홍콩	5일 + 7일
2011년 9월 중국	31일 + 20일
2012년 3월 남미	43일 + 25일
2012년 10월 미국서부	15일 + 20일
2013년 2월 동남아	60일 + 30일
2013년 9월 이태리	7일 + 14일
2013년 10월 스페인	9일 + 10일
2014년 2월 아프리카	27일 + 21일
2014년 5월 실크로드	29일 + 20일

2014년 8월 북유럽   12일 + 15일

총 여행일수 = 244일 + 회복일수 192일 = 436일(1년 2개월 11일)

연평균 지장일수 = 436 / 4년 = 109일(년간 토·일요일 휴일 수와 비슷하다)

2014년 9월 15일

오후 수련 중 왼쪽 무릎 관절 중앙(바깥쪽 피부 1cm 깊이)이 몹시 아팠다.(1회 15초를 4회 반복)

2014년 9월 16일

서울 공대에서 관악산 정상을 거쳐 사당역으로 내려오는 3시간 20분 등산을 했다. 내려올 때는 기운이 없어서 귀가 잘 안 들렸다. 집에 돌아와 수련할 때 오른쪽 무릎 위 20cm 부근에서 몹시 아픈 증상이 10분 동안 8번을 지나갔다.

2014년 10월 2일

9월 29일 친구와 같이 중국 장자제(장가계)에 도착했다. 이곳은 3가지 최고(경치, 편의시설, 자연훼손)를 가진 관광지였다. 최고의 경치란 바위기둥 3,200개(평균 높이 : 130m, 최고 높은 곳 : 390m)가 여기저기에 솟아있으니 가는 곳마다 멋진 구경거리였다.

편의시설에는 케이블카, 리프트, 모노레일, 엘리베이터, 에스컬레

이터 등이 두루 구비되었으나 편의시설 설치를 위한 자연파괴는 심했다. 특히 엘리베이터(높이300m)가 첩첩산중 수직바위 앞에 설치되어 있어서 놀랐다. 이 엘리베이터의 반(높이의)은 바위 앞에 붙어있고 나머지는 바위를 뚫어 바깥에서 보이지 않도록 설치되었으니 우리나라 같으면 환경단체와 마찰이 심했을 것 같다.

2014년 10월 10일 삼공재 수련 341번째

감기, 몸살로 숨이 가쁘고 하단전이 밀리지 않아 삼공재에서 1시간 만에 나왔다. 저녁에는 고혈압 증세가 있었다.

2014년 10월 13일 삼공재 수련 343번째

전에 없던 기침, 가래가 1주일 계속되었다. 왜 수련만 열심히 하면 다시 재발하는지 알 수 없었다. 삼공재 수련(2010년 6월)후 감기에 걸려본 일이 없었고 기침, 가래가 있더라도 이틀 안에 없어졌으나 이번에는 기침과 기관지염이 생겨 삼공재 수련을 4일간이나 못나가는 대사건이 벌어졌다. 선생님은 수련이 진전됨에 따라 우리 몸에 쌓인 노폐물을 체외로 내보내는 것이니 걱정 말라고 하셨다.

2014년 10월 20일 삼공재 수련 345번째

삼공재에서 애써 수련해도 숨쉬기가 거북하여 40분을 넘지 못해 아쉬웠다. 선생님은 빙의가 되었으니 태을주를 암송해보라고 하셨다.

2014년 10월 25일

과천대공원 둘레길 걷기 총 3시간 30분 중 2시간 30분 후부터 왼쪽 발목이 계속 아팠다. 집에서 더운물 찜질을 하고 수련을 해도 별 효과가 없었다.

2014년 10월 30일 삼공재 수련 347번째

삼공재에서 호흡은 좋아졌으나 기침을 많이 했고 왼쪽 귀 안에서 무엇이 바깥으로 확 쏟아지는 느낌이 들었다.

2014년 10월 31일

몸이 부실한 원인을 관하니 체력에 비하여 과도한 수련을 했다는 쪽으로 마음이 간다. 오늘부터 하루 4시간(가부좌 1 : 30분 + 누워 30분 = 2 : 00시간 * 2회 = 4 : 00시간) 수련을 3시간으로(가부좌 1 : 10분 + 누워 20분 = 1 : 30분 * 2회 = 3 : 00) 줄이기로 했다.

2014년 11월 4일

작년 말부터 체력이 떨어지는 것을 느낄 수 있었고 특히 금년 8월부터 수련을 해도 진전이 없으니 이는 노화의 진행에서 오는 에너지 부족인지, 등산을 많이 하여 체력이 고갈되었는지, 아니면 수련에 따른 체질변경과 잦은 빙의령의 내습으로 인한 것인지, 원인을 찾으려고 증상을 적어가며 계속 관찰하고 있다.

1. 긍정적인 면 (수련으로 몸이 좋아지고 있는 현상)

- 지금 일어나고 있는 모든 현상은 수련 진전에 따른 명현현상과 더 강한 빙의령이 찾아와서 수련에 지장을 주고 있다.

- 수련 후 방귀가 자주 나오고 속이 후련한 것은 뱃속에 운기가 잘 된다는 뜻이다.

- 머리에 비듬이 생기고 입안에 침이 전보다 굳어져서 나온다.

- 새벽 일어나기 전 입 주변과 장심이 얼얼하며 기가 통하고 용천도 화끈거리는 것은 잘 때도 운기가 잘되고 있다는 증거다.

  백회가 막혀있는 대신 혀끝이 바늘로 찌르는 듯한 느낌이 강한 것은 임맥으로 소주천하기 위한 전단계이다.

- 요즈음도 눈에 자주 염증이 생기는 것은 오래된 노폐물이 계속 배출되고 있다는 것이다.

- 3개월간 닫혀있던 백회에서 기운이 요즘 들어온다.

- 해외에 나가면 꼭 설사를 하는 것도 체질변화를 위한 과정이다

- 왼쪽 귀가 먼저 안 들렸고(2006년 10월) 다음이 오른쪽(2007년 5월), 그러나 요즈음 왼쪽이 더 잘 들린다.

- 전보다 운동량이 많아(매주 관악산 등산) 몸에 피로가 풀리지 않아 수련에 필요한 기가 부족하여 생긴 현상이다.

  즉 기 = 힘인데 기를 돌리는 마지막 남은 힘까지 써버렸으니 앞으로 수련에 지장 없도록 등산시간 단축하자.(10월 1일부터).

- 수련시간도 내 몸에 맞게 1일 2시간 * 2회 = 4시간을 1.5시간 * 2회

= 3시간으로 1일 1시간 단축(10. 31일부터)하자.

2. 부정적인 면(노쇠에 따라 수련이 잘 되지 않는 현상)

- 기 뭉치가 하단전에서 몇 달간 꿈틀대다가 2013년 12월 14일 기 뭉치가 배꼽 우측을 거쳐 배꼽 위 5cm까지 이동한 다음부터 기 뭉치가 없어져 버렸다.

- 기 뭉치가 꿈틀대지 않는 것은 기가 모이지 않고 기 뭉치도 없다는 뜻이다 (작년 12월 14일부터 지금까지 거의 1년 동안)

- 수련 시 기가 전과 같이 맑고 강하지 않고 하단전에 기 뭉치가 없다는 것은 기를 모을 에너지가 몸에 없다는 뜻이고 또한 몸의 열 기가 전보다 약하다.

- 몸에는 언제나 기가 꽉 차 있어야 한다. 그러나 나는 기가 부족하기 때문에 필요한 곳에 가져 갈 수가 없다.

- 수련은 가부좌하고 1:30분, 그 후 누워 30분(2013년 6월부터)에서 손을 하단전 위에 놓고 수련하므로 기 뭉치가 팔과 다리로 간 것이 아닌가?

- 과천 대공원 둘레 길을 3시간 반 걷고 왼쪽 발목이 아파 일주일 동안 쉬었다

- 조금만 피로하면 귀가 더 어두워지는 것은 에너지 부족이 확실하다.

- 수련이 깊어지면 다리에 기가 뚫려야지 굳어지고 더 아픈 것은 아직도 다리에 기운이 막혀 있다는 뜻이다.

- 관악산 등산 시간이 처음 2주는 4시간 다음부터 3시간으로 줄어들었고 회복기간이 길어진다.

- 수련 후 왜 기침과 가래가 더 심해지느냐? 전에는 잘 회복되었는데 지금은 반대현상이다. 수련을 열심히 할수록 기침과 가래가 더 심해진다.

- 오줌을 참을 수 없다. 자고 일어나 바로 화장실을 가지 않으면 방울로 떨어진다.

- 저혈압이 고혈압으로 변했다

- 체온이 35.6에서 36.2로(2013년 6월) 요즈음은 다시 35.3도로 내려갔다.

- 수련 중에 기침이 잘 나고 몸의 컨디션이 계속 나쁘다 (10월 30일 삼공재)

- 수련 중 숨을 쉬기 거북하고 하단전이 밀리지 않는다 (10월20, 22일 삼공재)

- 수련시간 = 가부좌 1:30분 + 누워 30분 = 2시간, 하루 2회 = 1일 4시간이 많다는 느낌이 들어 우선 마음 가는 대로 가부좌 1:10분, 누워 20분, 계 1:30 * 2회 = 1일 3시간으로 줄이고 있다.

- 한 호흡 현재 10분(들숨 5분, 날숨 5분)이 너무 강해 기를 다 가져갔는가?

삼공 선생님께

작년 12월 이전 하단전에 있던(몇 달 동안) 기 뭉치가 거의 1년 동안 없어져버려 원인을 찾고 있습니다.

1년에 3달은 해외여행을 하더라도 국내에 들어오면 하루 4시간 수련에 도인체조까지 하루 4시간 40분을 매일 수련하였고 또 해외여행 중이라도 하루 한 시간 이상 꼭 수련을 했으나 금년 8월부터 진도가 늦어지고 기 뭉치가 없어진 것이 아직까지도 안 나타나는 것은 제가 길을 잘못 가고 있는지, 또는 기를 해외여행, 관악산 등산 등으로 써버려 없어진 것인지 알고 싶습니다. 저의 체험기를 보시고 잘못된 점이 있으면 알려주시고 앞으로 제가 삼공재에 갈 때마다(당분간) 영안으로 저의 가는 길을 보살펴 주시기를 부탁드립니다.

2014년 11월 9일 신도림에서 제자 성욱 올림

[회답]

무엇보다도 당분간 해외여행을 중단하시는 것이 좋겠습니다. 더구나 선도수련자가 해외여행을 너무 자주 하는 것은 금물입니다. 그 이유는 한국 땅을 떠나면 무엇보다도 기운이 바뀝니다. 한국처럼 기운이 좋은 나라는 없습니다.

따라서 한국처럼 선도 수련하기에 좋은 곳은 없다는 얘기입니다. 게다가 신성욱 씨의 연세에 해외여행을 지금처럼 자주 하시는 것은 아무리 생각해도 수련에는 물론이고 건강에도 무리입니다.

나는 직장에 다닐 때인 중년인 54세에 선도 수련을 시작하였지만 75세가 되면서부터 노화가 찾아오는 것을 실감했습니다.

그전까지만 해도 등산 시에 항상 나는 일행의 선두에서 리드하고 바위도 청장년 때 못지않게 잘 탔었지만 그때부터는 서서히 뒤로 처지기 시작했습니다. 수련을 아무리 열심히 한다고 해도 75세를 분기점으로 하여 노화와의 경쟁에서 서서히 밀리기 시작했습니다.

지상에 생을 받은 어떠한 생물도 생로병사의 법칙을 이길 수 있는 존재는 없다는 것을 솔직하게 인정하시고 지금부터 그에 대한 대비책을 강구하셔야 합니다.

그렇다고 실망을 하거나 우울증에 빠지면 수행자가 아닙니다. 수행자는 그것을 이미 다 알고 수련을 시작했을 테니까요.

자신의 체력 관리를 철저히 하면서도 동시에 선도 수련을 계속해 나간다면 얼마든지 좋은 결과를 기대할 수 있다는 희망을 갖고 지혜롭게 수련에 임하시기 바랍니다.

기의 뭉치가 없어진 것은 그동안 축적된 기운을 다 써 버렸기 때문입니다. 따라서 앞으로 축기에 힘써서 다시 기의 뭉치가 형성되도록 체력 관리를 잘하여야 합니다.

정상적인 수련 상태로 복귀해야

안녕하세요. 선생님? 조성용입니다. 설 명절은 잘 지내셨는지요? 오랜만에 인사드립니다.

제 근황을 궁금해 하실 것 같아 몇 자 적어 봅니다.

작년 8월에 퇴원 후 이렇다 할 의욕이 없는 중에 팔까지 아파서 겨우겨우 추수를 하였지요.

그때보다 많이 나아지긴 하였지만 여전히 팔꿈치며 손가락이 아프답니다.

수련에 대한 의욕이 적다 보니 운동도 하지 않고 생식도 끊은 지 오래여서 체중은 어느덧 10kg 이상 불어났습니다. 그런 와중에도 단전에 기감이 사라지지 않는다는 게 신기할 따름입니다.

이게 현재 제 상태입니다. 심려를 끼쳐드려 늘 죄송합니다.

『선도체험기』 109권이 발간되었으면 생강차와 같이 우송 부탁드립니다. 주소와 전화번호는 동일합니다. 가격만 알려주시면 송금하겠습니다.

그럼 이만 줄입니다. 안녕히 계십시오.

2015년 2월 26일 조성용 올림.

[회답]

그동안 체중이 10kg이나 늘어난 것은 빨리 이전의 수련 의욕을 되살려 정상적인 수련 상태로 되돌아가라는 선계 스승님들의 독촉장이라고 보아야 합니다.

조성용 씨에게는 수련을 다시 시작해도 늦지 않다는 분명한 표시가 있습니다. 그것이 바로 단전에 기감이 살아있다는 엄연한 사실입니다.

그것을 신기하다고만 생각할 것이 아니라 새로운 불씨로 삼아 칠전팔기의 불요불굴의 정신으로 재기해야 될 신호로 보아야 할 것입니다.

『선도체험기』 109권 원고가 설 전에 이미 출판사로 넘어갔으니 2개월쯤 뒤에는 책이 되어 나올 것입니다.

상담 요청

저는 1985년도 고등학교 3학년 때 대구은행에 입사하여 은행원으로서 18개월 근무 후 군대에 들어가 31경비대에 지원하여 고된 훈련을 받았습니다. 그리고 나서 제대 후 다시 은행에 복직하여 일하던 중 스트레스를 너무 많이 받아 1989년 2월 28일 새벽 4시경에 오장육부가 다 꼬일 때 저도 모르게 기마자세로 웅크리고 '오! 주여!'를 중얼거렸습니다.

그러자 오른쪽 머리 위로 푸른 화살 빛이 지나가면서 마음이 붕 떴습니다. 은행에 가서 빛을 봤다고 얘기하니 은행에서 좀 쉬라고 해서, 대구정신병원 원무과에 근무하던 저의 사형이 저를 그 병원에 처음 입원시켰습니다.

퇴원 후 다시 은행에 복직하여 일하던 중 군대서 국선도를 하던 사람을 알게 되었습니다. 새벽에 국선도 도장에 다니고 밤에는 야간대학에 다녔습니다.

국선도를 하니까 너무 좋았는데 3개월 하니 정각도원이 침략도원으로 들리고 예수와 부처가 보였습니다. 서러움과 가슴에 통증이 생겨 정신병원에 1990년 9월 5일에 다시 입원하였습니다.

퇴원 후 몇 년 은행 근무 하던 중 또 국선도에 다니면서 국선도 중기단법인 5초 호흡을 하니 정각도원이 침략도원으로 들리고 알 수 없는 아픔이 나타나서 또 정신병원에 입원하였습니다. 그리고 나서 IMF가 와서 대구은행에서 1억을 받고 명예퇴직을 하였습니다.

그 돈으로 한국통신에 근무하는 형님과 휴대폰 대리점 사업을 하였습니다. 한국통신에서 사표를 낸 형님이 일을 하고 저는 집에서 국선도 중기단법 수련을 5년이나 이상 없이 하였습니다.

저는 아침에 집에서 국선도 중기단법 수련을 하고 저녁에는 수영를 하고 오행육기 생식을 하면서 『선도체험기』를 읽었습니다.

그러던 중 2002년 월드컵 때 갑자기 쿤달리니가 일어나서 성기가 설 때 뱀이 입으로 들어가고 한 여름에 눈이 내리는 것을 보고 대구 달성공원에 가서 척추로 뜨거운 기운이 올라오고 할 때 대천문인 사하스라 챠크라가 열렸습니다.

그때 달성공원에 가서 다니꾸찌 마사하루가 쓴 '생명의 실상'에 나오는 구절인 암흑의 무를 증명하는 붉은 지네 같은 것이 왼쪽 손목 동맥으로 들어가서 조개로 왼쪽 손목을 찔러서 피를 내어 대구 동산병원에 갔었습니다.

암흑의 무를 증명하는 것은 광명 밖에 없다라고 나오는데 책을 읽어봐도 무슨 말인지 모르겠습니다.

그리고 나서 혼자 집에서 수행하면서 다석 류영모 선생의 책을 보니 '제나를 버리고 얼나로 솟아라' 라고 되어 있었습니다.

제가 처음 정신병원에 들어간 89년 2월 28일 새벽에 본 것은 얼이라는 것을 몇 년이 지나서야 알게 되었고 우연히 인터넷 검색을 하니 왼쪽 손목 동맥으로 사하스라 챠크라와 7번이 같은 것을 우연히 알게 되었습니다.

제가 태음인인데 쿤달리니가 일어났을 때 태음신인 현무가 들어간 것도 3년 전 쯤에 알게 되었습니다.

『선도체험기』를 통하여 다석 류영모와 생명의 실상을 가르쳐준 선생님께 감사드리지만 혼자서 수련을 하니 형님은 저를 수십 차례나 정신병원에 입원을 시켰습니다.

글 재주가 없어서 선생님께서 이해하실 수 있을지 모르지만 대충 이런 사정입니다.

2015년 2월 28일 이 영부 올림

[회답]

보내주신 상담 요청 잘 읽었습니다. 이영부 씨는 『선도체험기』를 읽으면서 다석 류영모와 다니구찌 마사하루의 '생명의 실상'을 알게 된 모양인데, 『선도체험기』는 몇 권부터 몇 권까지 읽었습니까?

가능하면 1권부터 109권까지 순서대로 차분하게 읽으시기 바랍니다. 그 책을 읽는 동안에 이영부 씨가 왜 그렇게 정신병원에 자주 입원을 하게 되었는지 그 원인이 어디에 있는지 스스로 알게 될 때가 있을 것입니다.

그리고 어떻게 하면 그 병을 이겨낼 수 있을까 하는 것도 알게 되어 병에서 벗어날 수 있다는 자신감을 가질 수 있게 될 때가 있을 것입니다.

이영부 씨가 그렇게 될 수 있기 바랍니다. 누가 이영부 씨를 도와 주어서가 아니라 이영부 씨 스스로 그렇게 될 수 있을 것입니다. 왜 냐하면 『선도체험기』에는 그렇게 하여 정신 질환을 이겨낸 생생한 체험담들이 실려 있으니까요. 그렇게 되었을 때 다시 메일을 보내주 시기 바랍니다.

고려의 영토는 어디에 있었나

존경하는 김태영 선생님! 저는 선생님의 『선도체험기』 애독자입니다. 한국사 부분은 저에게 깊은 감명을 주었는데, 한국사 관련 의문이 있어 질문을 합니다.

『선도체험기』 107권 205쪽 마윤일 씨 글에 보면 고려사 56권 지리 1에

'우리 해동성국은 3면이 바다로 둘려있고 한 면은 육지로 연결되어 있는데 강토의 넓이는 거의 만리나 된다'라고 되어 있습니다.

이를 보면 고려가 중국대륙이 아니라 한반도에 있었다는 것인데 이에 대한 해석을 부탁드립니다.

2015년 3월 14일 오기영 올림

[회답]

중국 대륙과 붙어 있는 반도는 한반도만이 아닙니다. 설사 삼면이 바다로 되어 있는 중국 대륙과 붙어있는 땅이 한반도뿐이라고 해도

그 넓이가 만리나 된다면 분명 한반도는 아닙니다. 한반도는 남북이 3천리이고 동서는 천리도 안 되므로 그 넓이가 만리가 되려면 턱 없이 부족하기 때문입니다.

그러면 삼면이 바다고 한 면이 육지이고 그 넓이가 만리나 되는 땅을 찾아보면 됩니다. 동북아시아 지도를 펼쳐 보면 북쪽과 동쪽과 남쪽이 바다이고 서쪽이 육지이며 동쪽이 배불뚝이처럼 툭 튀어나온 대륙이 틀림없이 눈에 들어올 것입니다.

지금의 산동성에서 대만에 이르는 해안선을 낀 중원 대륙의 동쪽 부분입니다. 그곳이 바로 동쪽이 바다인 해동(海東)의 땅 고려였습니다. 한반도 남쪽 끝 땅을 해남(海南)이라고 부르는 것과 같은 지명 만들기 방식입니다.

『고려사(高麗史)』「지리지(地理誌)」나 『조선왕조실록(朝鮮王朝實錄)』『세종실록(世宗實錄)』「지리지(地理誌)」, 『신증동국여지승람(新增東國輿地勝覽)』과 『중국고금지명대사전(中國古今地名大辭典)』 등을 참고해 보면 그곳이 정확히 어디인지 알 수 있습니다. 이들 두 지리지(地理誌)에 나와 있는 땅 이름은 대부분 한반도의 지명(地名)과 같습니다.

그러나 비록 땅 이름은 한반도의 것과 같다고 해도 이들 지리지들에 나와 있는 지명(地名)은 한반도가 아니라 중원 대륙에 있었던 것입니다.

왜냐하면 고려사 지리지와 세종실록 지리지 그리고 그 후 조선조 성종 때 편찬된 『동국여지승람』이 쓰였을 때의 고려와 조선 두 왕조는 한반도가 아니라 중원 땅에 도읍을 갖고 있었기 때문입니다.

이 때문에 실례를 들어, 땅 이름 그대로 수원(水源)이 풍부한 강이 흘러넘치는 경기도 수원(水原)에 대한 세종실록지리지의 설명은 지금 한반도에 있는, 수원(水源)이 될 만한 큰 강은 전연 찾아볼 수 없는 수원(水原) 지역에 대한 설명이 아니라는 것을 알 수 있습니다.

그 이유는 한반도 내의 지명은 1876년 일본과 강화도 조약이 체결된 이후에 조선왕조가 한반도로 옮겨 오기 시작하면서 중국 대륙에 있던 세종지리지와 신증동국여지승람의 조선 팔도의 지명만을 그대로 옮겨왔기 때문입니다.

이러한 실례는 수원뿐이 아닙니다. 우리는 지금도 전라도를 호남(湖南) 또는 호남 지방이라고 부릅니다.

그러나 그러한 지명이 생기려면 한반도 전라남북도 북쪽에 큰 호수가 반드시 있어야 합니다. 그러나 제아무리 눈 씻고 찾아보아도 그러한 호수는 눈에 띄지 않습니다. 호수도 없으면서 호남(湖南)이라는 지명만 같이 따라온 것을 알 수 있습니다.

그래서 전라도가 대륙에 있을 때는 바로 전라도 동북쪽에 동정호(洞庭湖)라는 거대한 호수 있어서 호남 또는 호남지방이라고 불려왔음을 알 수 있습니다.

지금도 대륙에는 동정호 남쪽에 전라도가 있던 바로 그 자리에 호남(후난)성이 자리 잡고 있습니다.

그러나 전라도가 한반도로 이동한 뒤에는 동정호 같은 호수가 분명히 없는데도 불구하고 무엇 때문에 우리는 지금도 호남 또는 호남

지방이라고 부르는 것일까요?

그것은 순전히 우리 조상이 적어도 9천 1백년 넘게 대륙에 살 때에 부르던 오랜 언어 습관이 전라도 땅 이름과 함께 그대로 한반도로 옮겨왔기 때문입니다.

좀 더 역사의 진실을 알고 싶으시다면 필자가 쓴『한국사 진실 찾기』라는 단행본을 읽어보시면 보다 자세한 실상을 파악할 수 있을 것입니다.

교통 수요 문제

선생님,

한 달 만에 다시 안부 인사 올립니다. 『선도체험기』 109권 나왔으면 받고자 합니다. 가격을 알려주시면 입금하겠습니다.

최근 개통된 지하철 혼잡으로 언론에서 말들이 정말 많습니다. 열차투입계획에서 행정적 절차상의 오류로 발생한 문제인데도 불구하고 수요 예측에 대한 문제를 집중 보도하는 편향된 언론사가 많습니다.

저는 장래 교통수요 예측과 관련된 업무를 수행하는 전문기관에 속해있지만 정부와 일반인, 언론은 "점쟁이" 수준의 정확성을 요구하고 있어서 심히 부담스럽습니다.

장래의 불확실성이 매우 높은 교통 SOC투자계획 수립과 운영은 국가 차원에서는 매우 중요합니다.

외국의 경우 전문가는 교통수요의 대안만 제시해 주고 국회에서 대안과 규모를 결정하는데, 우리는 전문가들에게 모두 결정하도록 하여 책임을 씌우는 경향이 큽니다. 요즘 같은 경우 마음을 어떻게 먹어야 할지 고민이 큽니다.

　　　　　　　　　　　　　　　　　나중 또 연락드리겠습니다.

　　　　　　　　　　　　　　2015년 4월 3일 김찬성 드림

[회답]

김찬성 씨가 일하고 있는 교통 분야는 내가 관심을 가지고 있는 분야와는 너무나도 다르고 생소해서 별로 도움이 될 수 없어서 미안하기 짝이 없습니다.

『선도체험기』 109권은 지금 출판사에서 교정 작업을 한창 진행 중에 있으므로 늦어도 4월 안으로는 시판될 것입니다.

책이 입수되는 대로 김찬성 씨에게 제일 먼저 우송하겠습니다. 맡은 업무가 어렵더라도 시간 나는 대로 수련을 잊지 마시기 바랍니다. 수련과 구도에 관한 분야라면 얼마든지 문의해 주시기 바랍니다.

아들이 조금씩 변하고 있습니다

삼공 선생님, 그동안 안녕하셨습니까? 도율입니다. 사모님께서도 평안하신지요?

작년에 『선도체험기』 108권 구입 이후 문안 인사가 늦었습니다.

저는 인천지방법원에서 2년째 근무하고 있고, 빠르면 내년 늦어도 후년엔 서울 지역으로 옮겨갈 것 같습니다.

그 사이 아들은 중학교 3학년, 딸은 초등학교 2학년이 되었습니다. 선생님 말씀대로 아들은 이제 조금씩 변하고 있습니다. 아직 철이 없긴 하지만 이전처럼 막무가내는 아니고 조금씩 세상을 알아가는 것 같습니다.

저도 법원 산악회장으로 또는 친구들과 함께 거의 일주일에 한번 정도 등산을 하기 시작했습니다. 역시 등산을 하고 나니 생활의 활력도 생기고 선도에 매진할 체력이 더 보강되는 것 같습니다. 앞으로 더욱 더 정진하려고 합니다.

생식이 떨어져 구입하려고 하고, 『선도체험기』 109권이 나왔으면 함께 보내주셨으면 합니다.

표준생식 4개와 『선도체험기』 109권을 이전 주소로 보내주시면 고맙겠습니다.

택배비 포함해서 비용을 알려주시면 바로 입금하겠습니다.

항상 건강하시고, 『선도체험기』가 계속되길 빕니다. 안녕히 계십시오.

2015년 4월 13일 도율 올림

[회답]

무엇보다도 아드님이 조금씩 변하고 있다니 참으로 다행입니다. 이처럼 시간이 흐르면 모든 것은 변하기 마련이건만 성급한 사람들은 그 한때의 어려움을 참아내지 못하고 극단적인 행동을 서슴지 않으니 안타까운 일이 아닐 수 없습니다.

요즘 문제가 되고 있는, 자살한 성완종 경남기업 회장도 그렇습니다. 사람은 살기 위해서 이 세상에 태어났지 죽으려고 태어난 것은 아닙니다.

나 같으면 억울해서 죽고 싶은 일이 생기더라도 인과응보라고 생각하고 비록 교도소에 가게 될지언정 묵묵히 자기 운명을 감수하련만, 자살 전에 구차하게도 의문의 리스트까지 만들어 세상을 발칵 뒤집어 놓는 어설픈 일은 하지 않을 것 같은데. 사람 사는 방법은 참으로 천태만상인 것 같습니다.

도율이 산악회장이 되어 일주일에 한번씩 등산을 하고 있다니 잘한 일입니다. 우리가 10년 전까지만 해도 일요일 어두운 새벽에 관악산을 타던 때가 좋았는데 하는 생각이 저절로 납니다.

나는 2년 전 낙상으로 골반이 골절된 후유증으로 등산을 못하고 있지만 앞으로 몸이 회복되면 등산부터 다시 시작하려고 벼르고 있습니다. 등산을 규칙적으로 하면 수련도 반드시 향상될 것입니다. 등산은 역시 최선의 선택입니다.

『선도체험기』 109권은 4월말 안으로 시중에 내놓을 예정으로 출판사에서 열심히 만들고 있습니다. 표준 생식 4통 값은 24만원이고 택배비는 받지 않습니다.

일을 하면서도 단전에 기운을 느낍니다

안녕하십니까? 선생님 울산의 최성현입니다. 수련을 열심히 못하다 보니 메일도 자주 못 드렸습니다. 죄송합니다. 선생님.

오늘 메일을 드린 이유는 생식을 다 먹어서 선생님께 새로 주문하기 위해서입니다. 제대로 안 먹다 보니 몸무게는 전과 다름이 없어서 저번과 같은 걸로 먹으면 되지 않을까요?

지금까지는 하루에 생식 한 끼 화식 한 끼를 했었는데 한 2주 전부터는 생식 위주로 하고 화식은 일주일에 한번 정도 가족과 같이 하고 있습니다.

그리고 생식 먹을 때 전에는 물과 같이 먹었는데 이제는 물 없이 그냥 먹고 있습니다. 그렇게 하니 전보다 기운을 느끼는 것이 더 강해졌습니다.

그래서 시간 나는 대로 단전에 의식을 집중하고 있고요. 컨디션이 좋을 때는 일을 하면서도 단전에 기운이 느껴지는 편이고 그러다 보니 업무 중에 배고픔도 한결 없어진 것 같습니다.

계좌번호와 금액을 보내주시면 바로 입금하겠습니다.

항상 감사합니다. 선생님.

2015년 4월 13일 최성현 드림

[회답]

일을 하면서도 단전에 기운을 느낄 수 있는 것은 수련이 그전보다 크게 향상된 것입니다. 계속 일심으로 행주좌와어묵동정(行住坐臥語默動靜) 염념불망의수단전(念念不忘意守丹田)하시기 바랍니다. 그리하여 임맥과 독맥이 열리는 소주천에 도전하셔야 할 것입니다.

기차 타고 삼공재로 가면서

스승님 안녕하셨습니까?

지금 서울행 KTX 안에서 이 글을 쓰고 있습니다. 지금은 많이 진정되고 편안해졌지만 불과 며칠 전까지만 해도 마음이 너무 어지럽고 괴로웠습니다.

제가 살고 있는 곳은 부산 중에서도 고리원전이 가까이 있는 곳입니다. 인구가 많이 밀집되어 있는 신도시다 보니 아이들 키우는 환경이 잘되어 있고 자연 경관도 아름다운 곳입니다.

그런데 일상생활을 하던 중 불현듯 원전 가까이 살고 있다는 사실이 갑자기 위기감으로 다가왔습니다.

물론 스승님께서도 자연재해로 인한 향후 우리나라 동남해 지역의 침수를 예견하는 학자들과 예언가들의 글을 소개하시기도 했지만요.

그 기간을 10년에서 30년 안으로 잡는다 하더라도 마음을 먹고 차분하게 준비하기에는 많은 시간이 남아있지 않다고 생각했습니다. (막연한 제 생각입니다만)

아직 아이들이 어리다 보니 내심 그 애들이 좀 더 큰 다음에는 환란이 닥쳐와도 덜 애가 쓰일 것 같았습니다.

그런데 문득 원전에 대한 막연한 공포심에 인터넷에 검색을 하던 중 강증산 상제님의 예언 부분과 작금의 국내외 상황들이 묘하게 맞

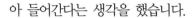

아 들어간다는 생각을 했습니다.

증산 상제님의 천지공사 내용의 많은 예언 부분들이 증산도 쪽에서 혹세무민하는 도구로 사용하다 보니 온갖 부정부패로 지금 그쪽은 많이 시끄러운 것 같습니다.

다른 한편에서는 뜻있는 사람들이 모여 새로운 변화를 모색하기도 하구요.

방사능 원전 자연재해들을 검색하다 보니 2015년을 기점으로 뭔가 일이 있을 거라는 암시를 하는 영성 단체들이 하나 둘이 아니라는 것을 알았습니다.

일부 단체에서는 북한의 핵 공격으로 수도권이 완전히 초토화될 것이며 대도시들도 사람이 살 수 없을 정도로 황폐해질 것이라고 경고하고 내륙의 안전한 곳으로 거주지를 옮길 것을 권유하는 곳도 있습니다.

그런 목소리를 내는 사람들은 소명 의식으로 그런 것을 알리고 준비를 한다 합니다. 물론 그런 일이 일어날 수도 안 일어 날 수도 있겠지요.

그런데 제 마음이 무엇에 끌리듯 지금부터 준비하고 적극적으로 대처하라고 자꾸만 등 떠밀듯하니 불안해지기 시작했습니다.

남편과 저는 아이들이 좀 더 크면 귀농할 생각을 하고 있었는데 나중에는 그런 선택권조차 주어지지 않을 것 같다는 생각을 했습니다.

수련 중에 이런 어지러운 마음을 바로 잡으며 내가 지금 준비하는 것이 맞는지 제 자성에게 조용히 물어 보았습니다.

그렇다는 대답이었는데 그 대답조차 솔직히 좀 신뢰가 되지 않습니다. 남들은 아무 걱정 없이 살고 있는데 저 혼자 뭐에 홀리듯 사는 거주지를 정리하고 시골로 내려가려고 하는 것이 과연 옳은 선택인지 모르겠습니다.

아무튼 요 며칠 혼자 온갖 공상 시나리오를 쓰다가 현실에 충실하면서 차근차근 준비하자로 마음을 바꾸고 이 글을 쓰고 있네요. ㅎㅎ. 조금 있다 뵙고 인사드리겠습니다. ^^~

2015년 4월 30일 박동주 드림

[회답]

우리가 살고 있는 지구라는 행성은 45억 년 전에 생겨날 때와 마찬가지로 때가 되면 반드시 소멸됨으로써 생멸을 계속할 것입니다.

긴 눈으로 보면 이 우주 안의 뭇 별들은 그러한 생성과 소멸을 끝도 한도 없이 되풀이할 것입니다. 그러나 인간의 영성은 시공을 초월하여 영원불멸한다는 진리에 도달하게 됩니다.

이러한 진리는 학문보다는 깨달음으로 체득하는 길밖에 없습니다. 바로 생사일여(生死一如)의 경지입니다.

이로써 생사는 바로 내 손아귀에 쥐어져 있다는 확신을 갖게 됩니다. 이 확신으로 우리는 마음의 안정을 찾을 수 있습니다. 마음과 진리가 하나이기 때문입니다. 그럼 진리는 무엇인가? 진리는 바로 자연 그 자체입니다.

그래서 이러한 진리를 체감한 구도자들은, 어떻게 하든지 거짓말 안 하고 착하고 지혜롭게 살아가기를 바랄지언정, 지축정립이나 개벽이니 환란이니 하는 천체의 생멸에 대하여 크게 개의치 않습니다.

그래서 스피노자 같은 사람은 "내일 지구의 종말이 온다 해도 오늘 나는 사과나무를 심겠다"고 말했습니다. 시공을 초월한 사람이 아니고서야 어찌 이런 말이 금방 입에서 튀어나올 수 있겠습니까?

지금 당장 그런 심정이 아니라면 지금부터라도 부지런히 닦아서 그렇게 되도록 노력을 기울여야 할 것입니다. 그런 경지에 드신다면 인공 또는 자연 재해 따위에 전전긍긍하는 일은 없어지게 될 것입니다.

단지 아직 깨닫지 못한 부모, 처자, 친척, 이웃들이 걱정이 되겠지만 그들 역시 때가 되면 깨달을 때가 올 것입니다.

그렇다면 그저 지금까지 살아 온 대로, 과일 나무도 심으면서 형편 닿는 대로 최선을 다하여 그때그때 앞에 닥친 현실을 지혜롭게 타개하여 나가면 될 것입니다. 때가 되어 헌 옷을 새 옷으로 갈아입는 일이야 무슨 어려움이 있겠습니까?

요컨대 내일 일은 내일에 맡기고 오늘은 오늘 일에 충실하면 될 것입니다.

앞으로 무슨 일이 일어나든 우리 마음만은 그 누구도 그 무엇도 어쩌지 못할 터인데 무엇 때문에 그처럼 전전긍긍할 필요가 있겠습니까? 그 마음이야말로 얼마든지 새 우주를 꽃 피울 수 있는 씨앗이 아닌가요?

　참고로 도전(道典)에 나오는 얘기를 간추려봅니다. 증산 상제님은 1901년부터 1909년 사이에 시행하신 천지공사에서 미래에 벌어질 수도 있는 핵전쟁을 예방하기 위한 화둔(火遁) 공사를 이중삼중으로 빈틈없이 짜 놓으신 얘기들이 도전 5편에 소상하게 실려 있습니다.

　그 분이 과연 지구와 우주를 관리하시는 하느님이시라면 악의 세력이 지구를 초토화하도록 내 버려두시지는 않으실 것입니다.

　그러나 이것 역시 우리의 희망 사항일 뿐이고 하느님도 어쩔 수 없는 자연재해가 닥쳐온다고 해도 진리와 하나로 합쳐진 우리의 마음은 영원불멸인데 무슨 걱정입니까?

　지구는 우리 우주의 황도대를 한 바퀴 순환하는 데 12만 9600년이 걸리고 이 중 약 3만년은 생물이 살 수 없는 빙하기입니다.

　이러한 빙하기를 지구는 수없이 겪었습니다. 그리고 원시 인류는 약 100만년 전에 처음으로 지구에 나타났다고 현대과학은 말하고 있습니다.

　지금까지 평균 만년에 한번씩 닥쳐오는 빙하기를 인류는 용하게도 극복하고 지금까지 생을 이어오고 있습니다.

　그 밖에도 수많은 재난을 겪으면서 우리는 의연히 지구상에서 생을 영위하고 있습니다. 인류는 앞으로도 과거보다 사람이 더 살기 좋은 지구를 만들어 나갈 것입니다.

　도전에 따르면 지구는 지나온 5만년의 상극과 갈등과 원한의 선천 시대를 청산하고 도솔천과 같은 차원이 높은 세계 즉 원시반본, 보은,

해원, 상생의 지상선경이 이루어진다고 하니 기대해 보도록 합시다.

과일나무 38그루

선생님께

더운 날씨가 시작되었는데 요즘도 등산을 계속 하시는지요. 보내주신 『선도체험기』 109권은 잘 읽고 있습니다. 항상 감사합니다,

저는 요즘 젊었을 때보다도 더 열심히 일하면서 살고 있습니다. 아침에 일찍 일어나서 일터로 가기 전에 집사람이 뒤 마당에서 하는 농사를 돕고 과일나무도 38그루나 심었는데 대부분 잘 자리를 잡아가는 것 같습니다.

가을쯤에는 열매도 많이 익을 것 같습니다 그 때가 되면 제일 먼저 선생님부터 따다 드리고 싶은데 그저 생각뿐입니다.

시장에 가도 과일이 싼데 집에서 키운 과일을 직접 따서 먹는 것을 주위 한국 분들이 좋아해서 나누어 먹으려고 많이 심었습니다. 농사도 사실 남에게 나누어주는 것이 더 많은데 될수록 열심히 살기 위해서 더 노력하는 삶의 시간을 보내고 있습니다.

2015년 5월 15일 미국에서 이도원 올림

[회답]

건강에는 이상이 없는데 아직 등산은 못하고 있습니다. 도해는 어떻게 지내고 있는지 궁금합니다.

과일나무를 38그루나 심었다니 부럽습니다. 김연자 씨와 함께 수련은 어떻게 진행되고 있는지 자세히 알려주었으면 합니다.

태을주와 신성주 수련

안녕하세요, 선생님. 부산의 신지현입니다. 아주 오래간만에 메일 드립니다.

작년에 삼공재에 가서 몇 년간 삼공재에 발을 끊고 어떻게 지냈으며 무슨 마음을 가지고 있었는지 메일로 보내드린다 하였습니다. 그때부터 계속 그 경험담을 쓰고는 있었지만 이상하게 정리가 잘 되지 않았습니다.

그 후에 제가 태을주 수련을 하고 있다고 박동주가 선생님께 말씀 드려서, 선생님께서 저에게 체험담을 보내 달라고 하셨다는데, 쓰고 있으면 일이 터지고 정리가 안 되고 쓴 것도 다시 읽어보니 맘에 썩 들지가 않았습니다.

제 경험담이 『선도체험기』에 올라가기라도 하면 독자에게 조금이라도 더 도움이 되어야 하는데 그렇지가 못한 것 같아 쓰고 지우기만 반복하였습니다. 그래서 메일을 쓰기로 한 지금 간략하게 말씀드리고자 합니다.

작년에 박동주가 삼공재에 다녀와서 태을주와 증산도 도전에 대해 알려주었고 그 후에 신성주 등 여러 개의 증산도의 주문을 알려주었습니다.

태을주는 눈을 감고 속으로 외우자 농구공만한 검은 눈동자를 가진 외눈이 어디까지 가는지 지켜보겠다는 냉정한 의사를 표현하며 감시하는 장면이 떠올랐습니다.

외눈 하면 프리메이슨의 상징인 전시안인지라 썩 기분이 좋지 않았지만 기독교를 제외한 여러 종교에서 신성한 상징으로 받아들여진다고 하여 조금은 납득하기로 하였습니다.

제가 증산도에 부정적인 감정이 있어서인지 딱히 기운이 들어온다거나 하는 기분이 들지 않았지만 박동주가 전에 없이 기운이 좋아져서 믿을 수밖에 없었습니다.

동주가 선생님 앞에서 읊어야 기운이 통한다고 삼공재에 가자고 하였는데도 어쩐 일인지 거부하였습니다. 그래도 불경처럼 녹음된 MP3 파일은 구해다 매일 들었습니다.

거부감이 차차 사라지긴 했어도 딱히 필이 오지 않았습니다. 작년 10월 20일 박동주가 예전에는 신성주를 태을주보다 먼저 읊게 했다는 이야기를 하였고 저는 신성주를 속으로 읊어 보았습니다. 신성주를 읊자 금방 기운이 들어오고 몸이 진동하기 시작하였습니다.

저는 수련을 하면서 진동을 해 본 적이 없었고 색다른 경험이었습니다. 처음엔 신성주를 외워서 시동을 건 다음 태을주를 외운다는 식으로 했고 처음엔 앉아서 나중엔 서서 하기 시작하였습니다.

맨손 체조 동작 달리기 동작 왼쪽 골반이 튀어 나와서인지 왼쪽으로 허리를 구부리고 멈춰 있는 동작 손 털기 등 여러 가지를 하였으나 하체는 거의 움직이지 않아서 의아하였습니다.

주문을 안 외우면 힘들 동작들이 주문을 외우면서 하면 하나도 힘이 들지 않았습니다. 특히 텔레비전을 보거나 동영상을 보면서도 할 수 있어서 매우 좋았습니다.

어느 날은 체조를 하는데 상단전에 기감이 강하였습니다. 1월경에는 좋아하던 컴퓨터 게임이 더 이상 즐겁지 않고 노동처럼 느껴져 며칠간 충격을 받았으며 거의 게임을 끊은 상태입니다.

그러다가 박동주가 어떤 사람의 유투브 동영상을 가르쳐 주었고 그걸 보면서 제가 신성주의 주문 끝 자를 잘못 외우고 있다는 사실을 알았습니다. 그 사람이 신성주의 뜻을 설명하였고 저는 신성주의 한자(漢字)를 보자 등줄기가 뜨뜻해지면서 새로 진동을 시작하였습니다.

곧 바로 일어나서 양다리를 어깨만큼 벌리고 수련했는데 신성주는 상체 동작은 태을주와 거의 비슷하였으나 다른 점이 골반이 오른쪽 왼쪽으로 한없이 흔들거렸다는 것입니다.

태권도의 주춤 서기 같은 자세도 많이 하였고 택견같이 물 흐르듯 움직이기도 하고 아줌마의 막춤 같은 동작들을 끊임없이 반복하였습니다. 제 생각에는 신성주는 상 중 하단 전체 강화용 기본 주문이 아닐까 생각해봅니다.

하다 보니 골반이 무게의 중심이 되어 걷는 것이 처음으로 느껴졌습니다. 이때부터 신성주 반 태을주 반으로 수련을 계속하였습니다.

올해 3월 31일에는 신성주 동작이 중국의 태극권처럼 느리고 부드러워졌습니다. 하체는 기마자세 이하로 내려가는 법이 없었는데 이때부터 매우 많이 구부러져 손이 바닥에 닿을 정도가 되었습니다.

춤 같기도 하고 무술 같기도 한 동작들이 계속되었습니다.

호사다마라고 4월 8일에 아들이 운동장에서 자전거를 타다가 뛰어나온 여자아이와 부딪혔고 이가 흔들리게 되었습니다.

5월 9일에도 같은 반 여자아이와 부딪혀 저희 아이도 다치고 자전거도 망가지고 여자아이도 팔꿈치를 꿰매게 되었습니다.

법률상 자전거를 탔기 때문에 저희가 배상해야 합니다만 제 아들이 부주의했다거나 나쁜 의도를 가지고 해코지를 한 것은 아닙니다.

여러 가지 이유로 첫 번째 아이는 학교 보험이 있고 학교 자체에 책임이 있어서 제가 실질적으로 배상해야 할 금액이 전혀 없을 듯하고 두 번째는 그 아이의 잘못이 너무 커서 쌍방 과실로 합의를 보려고 합니다. 합의가 잘 안 되어도 물어줄 금액이 20만 원 정도라 심적으로 억울한 점이 있으나 참을까 합니다.

하지만 첫째 엄마는 다친 딸이 모델을 하는데 모델 빙의령들이 여자 남자 순서로 저를 괴롭혔고 두 번째 엄마는 그저께 금요일에 전화를 해서 더 엄청난 빙의령으로 저에게서 순식간에 힘을 뺐습니다.

몸에 힘이 다 빠지고 뭘 해도 즐거움이 없고 주문 수련이 싫어지고 식욕이 뚝 떨어져서 점심은 굶고 저녁도 조금 먹었습니다.

이런 경우는 처음이라 몹시 곤란하였습니다. 아무도 나를 위로할 수 없을 것만 같은 우울증이 덮쳤는데 저녁이 되자 이상하게도 삼공 선생님만은 몹시 뵙고 싶었습니다.

토요일에 삼공재에 갈까 했지만 아주 급하진 않았는지 기차표가 가족석이라 다음 주에 가자고 생각하고 대용으로 아무 생각 없이 『

선도체험기』 98권을 빼 들었습니다. 98권을 읽고 깜짝 놀랐습니다. 삼공선생님이 바로 옆에 계신듯한 훈기가 돌고 선생님 체취가 나는 듯하며 쓰인 글들이 선생님께서 말씀하시는 목소리로 들리는 듯했습니다.

그 즉시 97권, 96권 순서로 읽었고 어제도 최근 것으로 여러 권 읽었습니다. 혹시나 해서 30권대를 읽었더니 기운이 덜 하였습니다.

신성주나 태을주 같은 진동은 없으나 선생님의 기운은 따뜻하고 온화하며 피부로 스며들어 몸속을 관통하는 듯했는데 그것이 더 강해진 듯합니다.

책을 읽던 중 열심히 하던 제자가 삼공재에 발걸음을 끊으면 애를 끊는다고 적으신 걸 봤는데 저 역시 그런 제자 중 하나가 아닌가 반성하였습니다. 선생님 매우 죄송합니다. 하지만 후회도 없고 저에겐 필요했던 시간이라고 생각합니다.

그 부분을 읽고 나서 선생님께 메일이 몹시 쓰고 싶어져 견딜 수 없어서 이렇게 메일 드리게 되었습니다. 그럼 이만 줄이겠습니다.

2015년 5월 24일 신지현 올림

[회답]

신지현 씨는 지혜로운 구도자니까 『선도체험기』 98권을 읽고부터 왜 그런 현상이 일어났는지 지금쯤은 깨달았을 것이라 생각합니다만 혹 그렇지 않을 수도 있겠다 싶어서 말합니다.

삼공재에 정기적으로 열심히 다니던 수행자들이 갑자기 발길을 끊어버리는 수가 있습니다. 그들 중에는 두 가지 부류가 있습니다.

첫 번째 부류는 가령 사고가 발생하든가 그 밖의 무슨 계기로 집단 빙의가 되었을 때 내가 늘 말하는 대로 관을 통하여 스스로 빙의령들을 천도하는 경우입니다.

그러나 그것이 잘 안 될 때 신지현 씨의 경우처럼 『선도체험기』를 읽든가 특정인을 떠올려 그의 가피력(加被力)으로 빙의령에게서 벗어나는 수가 있습니다. 상당한 수준의 내공(內功)이 된 경우가 아니면 불가능한 일입니다.

두 번째 부류는 집단 또는 개별 빙의가 되었을 때, 자기 능력이 부족하여 천도시키지 못하고 자기도 모르게 그 빙의령들을 차곡차곡 저장했다가 몇 달 또는 몇 해 만에 불쑥 찾아오는 수가 있습니다. 이런 때는 나도 좀 애를 먹게 됩니다.

따라서 두 번째 부류에 속하는 수련자들은 내공이 상당 수준 쌓여서 적어도 신지현 씨 수준이 될 때까지는 상공재 수련을 임의로 중단하지 않는 것이 안전합니다.

그리고 가능하면 첫째 부류에 속하는 수행자들도 남의 도움 없이도 어떤 빙의령이든지 자기 능력으로 천도할 수 있을 때까지 삼공재 수련을 계속하시는 것이 안전합니다.

내가 이렇게 말하면 그런 수준에 도달한 수행자가 과연 있느냐고 묻는 사람이 있을 것 같아서 말하는데, 그런 수행자들이 분명히 있습니다. 그러나 아직은 손가락으로 꼽을 정도입니다.

가피력(加被力)

답장 감사합니다. 선생님

그런 식으로 생각하지는 않았는데 타인의 가피력으로 빙의령을 벗어난다니 무슨 영화나 만화 같아서 신기합니다. 제가 겪어도 남의 일같이 실감이 안 나네요. 그러나 선생님의 말씀이 무슨 뜻인지 잘 알 것 같습니다.

제가 부족하여 선생님의 도움을 받아야 하는 것을 잘 압니다. 신성주 태을주 수련 중에도 박동주가 같이 삼공재에 가자고 하였으나 좌선만 하여도 진동이 심해서 옆으로 푹 고꾸라지는 동작을 하고 팔을 쭉쭉 뻗어대고 활개를 칩니다. 자리를 많이 차지하여 굉장한 민폐가 될 것 같습니다.

특히 서서 하는 수련이 지금은 더 이롭다는 생각이 들고 신성주 수련도 결국 끝이 있지 않을까 싶어서 삼공재는 진동이 멎은 후에 가자고 계획하고 있습니다.

그리고 신성주 동작이 부드러워졌어도 태을주를 외우면 골반의 흔들림이 멈추고 맨손체조 같은 동작들로 바뀌는 것을 보고 신기한 생각이 들었습니다.

아쉬운 점은 자전거 사고로 빙의령에게 호되게 당한 후 손기가 되었는지 춤과 무술 같았던 신성주 동작들이 다시 예전의 막춤과 맨손

체조 같은 동작으로 변하였습니다. 열심히 수련하겠습니다.

2015년 5월 25일 신지현 올림.

[회답]

가피력이라고 해서 아무나 받을 수 있는 것이 아닙니다. 상당 수준의 내공이 쌓여야 교류가 가능한 일입니다. 이왕 시작한 신성주 태을주 수련의 진동이 말끔히 정리되기 바랍니다.

『선도체험기』 109권이 시판 중이니 한 권 구해서 읽어보시기 바랍니다. 신성주 태을주 외에도 다른 주문들과 증산도에 관한 정보들이 실려 있습니다.

급속충전 받은 느낌

안녕하세요, 선생님. 부산의 신지현입니다. 저의 내공이 높아져서 선생님의 도움을 받았다고는 하나 박동주가 태을주 수련을 하신 삼공선생님의 외형이 젊어지신 듯하고 기상이 청년 같아지셨다 하는 걸 보면 선생님의 기운이 상승하신 건 아닌지요. 저는 그렇게 생각하고 있었습니다.

어제 석가탄신일, 선생님과 메일 교신을 하며 기운을 받고 자기 전까지 『선도체험기』를 읽었습니다. 기운이 삼공재에 열심히 다닐 무렵에 충전된 듯한 느낌을 받았습니다.

스마트폰도 급속 충전기가 있는데 제가 급속충전을 받은 느낌이었습니다.

선생님께 내공이 상당하다는 좋은 말씀도 듣고 우쭐했으나 금방 풀이 죽었습니다. 아직 선생님께 도움을 받아야 하는구나. 제 스스로 일어서고 싶다는 생각이 절실해졌습니다. 잘되어야 할 텐데요.

오늘도 신성주와 태을주 수련을 하였습니다. 신성주 동작이 특별한 것 없이 흐물흐물하게 변했습니다. 기운이 충분해져서 그런 듯 특별한 이상이 없는 한 이만해도 괜찮을 듯합니다.

그 대신 태을주의 동작이 변했습니다. 공격 자세만이 없을 뿐 쿵후같이 부드럽다가 빠른 무술의 느낌이 듭니다.

선생님 도움 없이 열심히 몇 달 수련하며 노력하였는데 며칠 만에 급속충전되어 단계가 넘어가다니 신기하여 웃음이 나기도 하고 비교도 되어서 공부가 되었습니다.

다른 변화나 특별한 일이 있으면 다시 메일 드리겠습니다.

2015년 5월 26일 신지현 올림.

[회답]

구도자는 이 세상에 살아있는 동안에 만난 스승의 능력이 자기 자신보다 우월하다고 느껴질 때는 될수록 그의 곁을 떠나지 말고 그의 능력을 모조리 다 전수받아야 합니다.

그러한 스승이 여럿일 때는 그들에게서 차례로 다 그 능력을 전수받아야 합니다. 그렇게 하노라면 더 이상 전수받을 스승이 없다고 여겨질 때가 반드시 찾아 올 것입니다. 그 시점에 가면 스승에게서는 더 이상 기운이 들어오지 않게 될 것입니다.

그때는 제자가 그 스승의 옆에 가도 제자의 기운이 거꾸로 스승에게로 빨려 들어가는 것을 느끼게 될 수도 있을 것입니다.

이때가 되면 젖 떨어진 아이가 어미 곁을 떠나듯 미련 없이 스승에게서 떠나야 합니다. 떠나서 새로운 경지를 개척함으로써 도의 맥을 창조적으로 이어 가야 할 것입니다.

그러나 내가 삼공재를 운영한 지 어느덧 25년의 세월이 흘렀지만 아직도 제자의 기운이 나를 능가하여 어쩔 수 없이 삼공재를 떠난 경우는 없었습니다. 부디 유능한 수행자가 나타나 이 일에 도전해 오기 바랍니다.

태을주 수련으로 나의 운기가 그전보다 활발해진 것은 사실입니다. 육안으로는 보이지 않으나 시공을 초월하여 온 우주에 충만하신 하느님과 같은 큰 스승님과 하나로 연결된 느낌입니다.

부디 시대의 변천에 뒤지지 않도록 수련에 가일층 분발하시기 바랍니다.

선도체험기 6권

답장 감사합니다. 선생님.

주문 수련이 끝나면 찾아뵙겠습니다.

오늘 『선도체험기』 6권을 읽게 되었습니다.

그것을 읽어 보고 두 가지 의문점이 생겨 질문 드립니다.

1. 민소영이란 분이 수련을 위해 선생님과 기운 줄을 연결하여 수
   련하는 장면이 나왔습니다.

   선생님이 그 때문에 손기 현상을 느낀다고 하셨는데 제가 『선
   도체험기』를 읽으며 선생님의 가피력을 느끼는 것은 선생님께
   지장이 없는지요?

2. 어떤 분이 기적으로 도움을 받고 고마움으로 케익을 사왔는데
   상해 있어서 선생님이 섭섭함을 느끼시는 바람에 그분에게 안
   좋은 일이 일어난 일이 있었습니다.

지금의 제 수준에서 타인에게 분노나 미움을 강렬히 느끼면 타인
이 직접적인 피해를 입을까요?

두 번째 질문을 왜 하게 되었냐 하면 두 번째 자전거 사고 난 아
이의 엄마로부터 카톡을 받게 되었기 때문입니다.

여자아이가 자전거를 들이받아 저희 아이도 넘어져 다쳤는데 관대한 척하며 갑질을 하는 그 엄마가 미워서 아침부터 오후까지 좋은 생각을 가질 수 없었습니다.

점심을 먹고 멀쩡히 눈뜨고 있는데 그 엄마의 보호령인 듯한 할머니와 할아버지가 나타나 저에게 무릎 꿇고 용서해달라고 빌었습니다. 드라마에서 자주 나오는 파출소에서 불량아들 대신 비는 부모님과 한치도 다르지 않은 모습이었습니다. 솔직히 아직도 진짜인가 자기 위안용 망상인가 의심스럽습니다.

두 분이 비는 이유가 제가 강렬한 미움의 감정을 가지고 있었으므로 6권의 내용처럼 기적으로 해악을 끼칠까 염려하는 것이 아닐까 싶었습니다. 그 이유 이외에는 생각나지 않습니다. 다른 이유로 나설 필요가 있을까요?

저는 저보다 연배가 높으신 분들이 빈다고 생각하니 당황스러웠으나 마음은 좀 풀렸습니다.

그러나 그쪽에서 사과하지 않는 이상 저도 기분이 상할 수밖에 없고 두고 보겠다고 마음을 전했습니다.

솔직히 이제야 나타나서 비굴하게 구는 두 보호령이 아니꼽기도 하였습니다.

사람 하는 짓이랑 꼭 같지 않은가 회의도 들었습니다.

구도자로서 의연하지 못하다는 반성을 하기도 하고 새로운 경험을 하였다 싶습니다.

삼공 선생님은 여러 제자들이 찾아오니까 많은 지도령들의 부탁을 들으시겠구나 하는 생각도 들고 각 지도령들마다 요구도 많이 하겠네 하는 상상을 하였습니다.

3월 31일 신성주의 동작이 부드러워진 이후 뭔가 다이나믹한 수련 생활을 하고 있는 것 같습니다.

새로운 변화가 있으면 메일 드리겠습니다.

2015년 5월 28일 신지현 올림.

[회답]

첫 번째 질문에 대한 대답

『선도체험기』6권을 쓸 때는 지금으로부터 무려 25년 전 일입니다. 그 후 나도 수련이 많이 향상되었으므로, 그때는 그때고, 지금은 그런 일로 손기를 느끼는 일은 없습니다.

그리고 어떤 수련생이 나를 떠올리고 도움을 청하여 가피력을 느꼈다고 해도 나에게 어떤 지장이 생기는 일은 없습니다.

모 수련생이 나에게 수련을 받고 효과가 있어서 고마움의 표시로 선물한 케익이 상해 있어서 기분이 상한 일이 있었습니다. 그 일로 그분이 금전상의 큰 손실을 본 일이 있었다는 것을 그 후에 그분의 말로 알게 되었습니다.

그 일이 있은 뒤로는 그런 일이 있어도 절대로 기분 나빠하지 말아야 한다는 깨닫고 자제하고 있습니다.

내가 그런 일로 기분 나빠한다면 나에게 항상 붙어서 사는 보호신명들이 자기도 모르게 발끈하여 해코지를 한다는 것을 알았기 때문입니다.

따라서 수련이 일정 수준에 도달한 사람은 감정 표현을 지극히 조심해야 합니다. 대주천 수련이 된 사람은 아무리 화가 나도 상대를 함부로 가격하면 치명상을 입힐 수 있으므로 비록 상대의 주먹을 피하거나 얻어맞는 한이 있어도 상대를 때리지 말아야 합니다.

더구나 함부로 남을 미워하지도 원망하지도 말아야 합니다. 남을 원망하고 미워하면 그 순간부터 그것이 상대를 상하게 할 뿐 아니라 동시에 자신에게도 독이 되어 자신을 상하게 하기 때문입니다.

수련을 하여 능력자가 된다는 것은 권투 챔피언이 깡패에게 얻어맞을지언정 상대에게 자기 주먹을 함부로 날리지 못하는 것과 같습니다.

두 번째 질문에 대한 대답

가해 어린이 엄마의 고령의 보호령 두 분이 신지현 씨에게 찾아와 잘못을 사과하고 무릎 꿇고 빈 것은 신지현 씨 정도로 수련이 된 구도자에게는 흔히 있을 수 있는 일입니다. 지금 신지현 씨는 자신의 구도자로서의 위상을 너무도 모르고 있습니다.

상대를 아니꼽고 비굴하다고만 생각할 것이 아니라 좀 더 사물을 객관적으로 그리고 긍정적으로 생각하고 그들을 관대하게 용서해 주는 넓은 아량을 베풀어야 합니다. 그것이 신지현 씨의 위상에 어울립니다. 그리고 그것을 반드시 깨달아야 합니다.

챔피언에 오른 운동선수가 아직도 자기가 초보 수련자 정도인 줄 착각하는 어리석음은 두 번 다시 범하지 말아야 합니다.

그렇다고 해서 교만하지도 말고 비굴하지도 말아야 합니다. 자기 자신을 항상 객관적으로 파악할 줄 아는 것도 수련자가 갖추어야 할 미덕중의 하나라는 것을 잊지 말아야 합니다. 그래야만이 다음 단계를 향해 늘 상승 가도를 달릴 수 있습니다.

인욕선인 이야기

답장 감사합니다. 선생님.

이번 같은 일이 처음이라 믿을 수가 없어서 어제도 수십 번 읽고 이렇게 메일을 쓰면서도 다시 한번 읽었습니다.

갑자기 석가모니 부처의 전생이라는 인욕선인(忍辱仙人)이 생각나 인터넷에서 찾아 읽었습니다.

칼링가 왕에게 어이없는 이유로 사지가 잘렸는데도 잡념 없이 참았으며 왕을 살려주려는 인욕선인의 굉장한 이야기도 읽고 또 읽었습니다. 행동뿐만 아니라 생각조차 조심해야 하다니 구도자라는 건 힘든 일이네요.

메일 드리고 나서 미운 생각도 많이 없어져서 선생님 말씀대로 용서하기로 하였습니다. 이런 의사를 전달하자 가해 어린이 엄마의 두 보호령이 고개를 굽신거리며 감사하다고 하였습니다. 솔직히 아직도 이게 진짜 겪고 있는 일인지 의심스럽습니다.

거기다 현실적, 물질적으로 달라진 것은 하나도 없어서 어리둥절한 기분을 떨칠 수 없습니다.

아마 선생님의 이번 메일과 인욕선인 이야기는 오늘도 수십 번 더 재탕할 것 같습니다. 새로운 변화가 있으면 메일 드리겠습니다.

2015년 5월 29일 신지현 올림

[회답]

수행이 일정한 경지에 올라 하늘의 선택을 받은 구도자는 행동거지 하나하나가 다 자기 자신은 물론이고 관련된 사람이게 영향을 끼치게 되어 있다는 것을 이번 일로 깊이 명심해야 할 것입니다.

그렇지 않다면 가해 어린이 엄마의 보호령들이 신지현 씨가 용서를 해주자마자 찾아와서 굽신 거리면서 고마워할 이유가 없을 것입니다.

이렇게 하는 것이 지금은 생소해서 힘들고 거북하고 어렵겠지만 미구에 그러한 생활이 일상화되면 그것이 도리어 편안할 때가 찾아올 것입니다.

새로운 환경에 재빨리 적응할수록 수련은 계속 향상될 것이니 분발하기 바랍니다.

금주 선언

삼공 스승님 그간 안녕하셨습니까? 또 다시 저에게는 수련의 계절이 돌아왔습니다. 겨울과 봄철의 바쁜 기간이 끝나고 여유가 생겨 보름 전부터 이번에는 단단히 마음을 먹고 금주를 선언하였습니다.

부처님 오신 날 원불교 배내골 수련원에 갔다가. 사홍서원을 암송하던 중 나의 서원도 생각을 해보았는데 그것이 금주였습니다.

금연은 20년 전에 시도하여 성공적으로 정착이 되었고, 금주는 수년 전부터 두어 번 시도하다가 실패하였는데 이번에는 무언가 자신이 있습니다.

매일 열심히 단전호흡을 하고 있는데 곧 소주천이 될 것 같습니다. 소주천이 되면 서울에 올라가 삼공재를 방문할 계획입니다.

또한 저는 요즈음 중국어 회화학원에 다니는데 8개월이 되었습니다. 원어민 선생과 프리토킹반에서 공부하고 있습니다.

그럼 방문 전 다시 한번 메일을 올리겠습니다. 안녕히 계십시오.

2015년 6월 5일 부산에서 마윤일 올림

[회답]

메일 잘 읽었습니다. 이번에는 금주(禁酒)에 꼭 성공하시기 바랍니다.

금주를 결행하기 전에 음주하는 자신을 깨끗이 대청소한 방에 제일 먼저 뚫고 들어와 왕왕대는 한 마리의 왕파리로 보고 그것을 잡으려고 파리채를 꼬나 잡고 이곳저곳 따라다니면서 신중에 신중을 가하여 이때다 싶을 때 단 한방으로 내리쳐 때려잡듯 해야 합니다.

적어도 한 달 이상의 준비 기간을 두고 금주할 것을 벼르고 벼르다가 이제 자신감이 붙었다고 여겨지는 순간에 파리채 내려치듯 결행을 해야 효과가 배가될 것입니다.

가던 길을 갑니다

선생님 사모님 그동안 안녕히 계셨는지요. 강화 김영애입니다. 얼마 만에 안부 여쭙는지 참 오랜만인 것 같습니다.

쌍둥이와 산모를 보살피기 시작하면서 힘에 부쳐 삼공재를 못 가게 되면서 메일을 두 번 드렸는데 못 받으셨지요?

요즘 저는 『선도체험기』를 84권째 읽고 있고 읽으시라는 책을 구해서 읽으며 왜 삼공재에 오는 수련자들에게 독서를 권하시는지 이유를 찾았습니다. 밥 따로 물 따로 책도 구해서 소홀히 생각했던 부분을 찾아 고치고 있고 체중은 59kg까지 내려갔습니다.

가다가 삐그덕거리긴 해도 바르게 남에게 덕이 될 수 있도록 노력하며 원래 가던 길을 이어 계속 가는 중이예요.

매주 한번씩 못 가게 되어 다시 선생님의 허락을 받고 생식과 109권 『선도체험기』를 가지러 가서 잠시나마 앉아 있고 싶습니다.

미리 허락을 구하는 이유는 제가 저희 집 일로 건축하겠다는 사람과 마찰이 생겨 탁기를 많이 품고 가야할 거 같아서입니다.

그 건축주는 저와 좋지 않은 인연이 있었던 것인지 목소리만 들어도 정신이 공중으로 흩어지고 불안하여 마음의 중심을 잃게 합니다.

어쩔 수 없이 이웃으로 살아야 하는데 걱정되는 것이 너무 많아요.

마음 공부한다고 되뇌면서도 번번이 심장이 정신없이 불안해합니다.

곤란하시면 제가 안 가도 우편으로 보내주세요.

계좌번호는 알고 있어요. 답글을 기다리고 있을께요.

2015년 6월 11일 강화에서 김영애 올림

[회답]

김영애 씨가 막 다년간 뒤에 6월 11일자 메일을 받았습니다. 그 전에 보냈다는 두 건의 메일은 아직 못 받았습니다.

문제의 건축주를 대할 때마다 마음이 불안해지면 그때마다 그를 객관적으로 냉철하게 관찰을 하세요. 그렇게 계속 관찰을 하다가 보면 불안해지는 원인을 문득 자기도 모르게 알게 될 때가 올 겁니다. 꾸준히 관하시기 바랍니다.

간단한 인사 소개드립니다

김광호

항상 건강하시길 기원합니다.

집에서 메일 주소로 해봤는데 안 되어서 전화상으로 통화하였는데 회사에서 지금 해보니 됩니다. 책값은 송금 완료하였습니다.

저의 소개 간단히 드립니다.

저는 광주에 거주하는 54세 김광호입니다. (광개토대왕 광에 호랑이 호로 기억하면 됩니다.)

아직은 직장 삼성전자 로지텍 물류 회사에 34년차 다니고 있습니다.

하늘이 도와서 한 직장에 장수한 것 같습니다.

가족은 아내와 동갑내기이고 큰 딸은 금년 대학졸업반이고 아들은 군에 있는데 6월 말에 남수단에 유엔군의 자격으로 파견 출발합니다.

저는 94년에 태극권을 직장에서 취미생활로 2달간 배우면서 기(氣)를 처음 접했고 이후 직장생활 하면서 어느 날 뉴스에서 호보법(虎步法)이 허리 척추에 좋다는 소식을 접하고 휴일이면 조금씩 하였습니다.

작년에 제가 직장에서 스트레스를 받아서 어깨 및 허리가 아파서 한의원에 침을 매달 맞으러 가면서 생각했는데 호보법 운동을 하는 사람이 침을 맞는 게 아니라는 생각이 들어 매일 운동을 하자 다짐하였습니다.

호보법 수련기를 2014년 9월5일~2015년 05월 17일까지 새벽 4 : 30 분에 집 앞 월봉산에 가서 수련 했습니다.(호보법, 손뼉치기, 수목치기, 기타 등등)

이후에 몸은 아픈데 없고 아주 좋아 졌습니다.

- 현재 기운은 장심과 손가락 끝으로 느껴지고 용천혈로 느껴집니다. 백회는 조금 느껴지는 정도입니다. 호보법 할 때 손바닥과 손등 그리고 손가락으로 하는데 최근에 손가락으로 하면 기운이 손가락을 통해 많이 들어오는 게 느껴집니다.

단전에는 호흡으로 천천히 할 때 기운이 스멀스멀 느껴지고 명문혈까지도 느껴집니다.

매일 하단전에 의수단전하기 위해 와공과 입공을 실시합니다.

- 천부경은 암기하고 있고 새벽에 103배 저녁에 103배 집에서 하고 있습니다.

음양 식사법 밥 따로 물 따로는 책을 보고 배워서 2014년 10월 20일부터 현재까지 하고 있습니다.

아침은 집에서 하고 점심은 천기(天氣)로 저녁은 회사에서 먹고 있습니다. (식사 때는 수저는 사용치 않고 젓가락만 사용함)

속도 편하고 아주 좋습니다. 지금도 『선도체험기』를 읽으면서 혼자서 수련하고 있습니다. 현재 책은 일부 구하지 못한 것을 제외하고 14권까지 읽었습니다.

1년에 책 100권 읽는 게 목표인데 올해는 『선도체험기』를 통하여 선도를 완전히 배울 수 있도록 하겠습니다.

스승님으로 모시면서 배워 가지고 호남권에 선도 법을 전하는 데 공헌 하고 싶습니다.

제가 생각하는 수련방법은 행주좌와어묵동정(行住坐臥語默動靜) 염념불망의수단전(念念不忘意守丹田) 하면서

- 새벽에 일어나서 천부경 암송 103배 수련 단전호흡 실시 이후 앞 산에서 간단한 운동

- 저녁에는 도인체조 천부경 암송 103배 수련 단전호흡 실시하고 『선도체험기』 읽으면서 단전호흡 하려고 합니다.

- 조만간에 임동맥 소주천 소통하고자 합니다.

저의 생각을 간략히 적어 보았습니다.

선생님 늘 원하시는 것 이루시고 건강하시길 함께 기도합니다. ^^

고맙습니다.

2015년 6월 15일 김광호 올림

[회답]

책값은 어제 저녁에 받았고 책은 오늘 아침에 우체국 택배 속달로 부쳤습니다.

인사 소개를 읽고 나니 불연 듯 지금부터 32년 전 1983년 1월에 내가 코리아타임스라는 신문사에 다니면서 혼자서 선도에 관한 책을 읽으면서 단전호흡을 시작했던 일이 생각났습니다.

그때 나는 단전호흡을 시작하자마자 기를 느꼈었는데 김광호 씨역시 수련을 시작하면서 기를 느끼게 되었다니 참으로 희귀한 경우요 축복받을 일이 아닐 수 없습니다.

어떻게 하든지 『선도체험기』를 구하여 처음부터 차례로 읽어가면서 수련을 하시기 바랍니다. 『선도체험기』만 차례로 읽어가도 수련은 저절로 진행되어나갈 것입니다. 100권정도 읽어가면 어떻게 행동해야 되는지 스스로 알게 될 것입니다.

앞으로 수련하다가 모르는 일이 생기면 주저 말고 메일을 띄우시기 바랍니다.

기운이 단전에 쌓이면서

　선생님 고맙습니다. 보내주신 책은 잘 받았습니다. 추가로 보내주신 '한국사 진실 찾기'는 마음으로 새겨 잘 보도록 하겠습니다.

　기운이 단전에 쌓이면서 스멀스멀 움직이니 살아오면서 경험하지 못한 느낌을 허벅지, 때론 등줄기, 단전 부위 등에서 일상적인 에너지로 충만함을 느낌이다.

　『선도체험기』50권 다 읽으면서 수련하고 수련 중 문의 사항 있으면 메일로 드리겠습니다.

　『선도체험기』읽으면서 가져야 마음가짐, 수련방법, 의수단전에 집중하겠지만 선생님의 가르침을 주시면 일상 수행하는 데 더욱 집중하도록 하겠습니다.

　　　　　　　　　　　　늘 만사 건강하시길 기원합니다. 고맙습니다.

　　　　　　　　　2015년 6월 18일 광주에서 김광호 올립니다.

[회답]

　김광호 씨는 선계(仙界)의 스승님들에게서 특별히 선택받은 구도자임을 잠시도 잊지 말고 수련에 일로매진(一路邁進)해야 될 것입니다.

『선도체험기』는 기 공부, 마음공부, 몸 공부의 지침서가 될 것입니다. 그러나 스승 없이 혼자서 공부를 해 나가다 보면 책만으로는 미흡한 경우가 반드시 생기게 될 것입니다.

그때마다 잊지 말고 메일을 보내기 바랍니다. 메일 교신이 잦을수록 수련은 일취월장(日就月將)하게 될 것입니다.

두 가지 자전거 사고

안녕하세요, 선생님. 부산의 신지현입니다. 저번 주로 자전거 사고는 두 가지 다 해결을 보았습니다.

첫 번째 사고를 당했던 여자아이는 자전거 바퀴에 입을 부딪혀 세 개의 이가 흔들려 한 달 넘게 교정기를 달고 있었습니다. 처음에는 자신의 딸이 무방비로 뛰어들어 사고를 당한 것을 모두 저희 아들 탓으로 돌리는 그 엄마가 괘씸해서 학교 보험과 학교에서 정한 책임자에게 보상받으라고 냉정하게 잘라버리려고 하였습니다.

(교장 선생님이 운동장 트랙에서만 자전거를 타도된다고 정했고 저희 아들은 규칙을 지켰습니다. 학교의 과실이 있어서 이 문제로 전체 회의까지 했고 방과 후 선생님이 책임자로 정해져서 그 엄마에게 전화를 했다고 합니다.)

하지만 이상하게도 이 문제는 그 엄마와 저의 선에서 해결해야 할 것만 같은 생각이 들어서 군소리 없이 치료비 전액을 통장으로 입금하고 위로금으로 아이에게 오 만원을 쥐어 주었습니다. (처음 다쳤을 때 앞니로 씹을 수가 없다니 딱해서 맛있는 것 먹으라고 십 만원 주었습니다.)

치료비는 거의 다 학교에서 보험으로 받을 것이고 저에게서는 오십만 원 이상 받은 셈입니다. 그 엄마는 만족했는지 다음에는 악연으로 만나지 말고 좋은 인연으로 만나자고 문자를 보내왔습니다.

두 번째 여자 아이는 저희 아들의 자전거에 뛰어들어서 본인은 팔이 찢어졌고 저희 아들도 다치고 자전거도 수리를 받아야 했습니다.

두 번째 엄마는 치료가 끝나자 치료비의 반을 물어달라고 문자를 보내와서 입금하여 주었습니다. 좋게 끝난 것은 아니나 안 좋게 끝난 것도 아닌 것 같습니다.

이 두 사건으로 칠십만 원 이상을 쓰게 되었으나 돈이 아깝다는 생각은 전혀 들지 않았습니다. 그것보다 둘 다 자기 자식들이 자전거에 뛰어들어 놓고도 (심지어 두 번째 아이는 저희 아들이 피하기까지 했으나 오히려 그쪽으로 뛰어왔으면서) 저희 아들을 나무라는 태도에 대한 분노와, 실수는 그 쪽이 해놓고 왜 우리가 보상을 해야 하나에 대한 심적인 회의를 느꼈습니다.

역지사지로 다친 아이들을 생각하면 참으로 딱하고 그 엄마들은 속상해서 보상을 받고 싶을 것이라 생각합니다.

자전거를 타던 저희 아이가 존재했기에 사고도 존재했다는 사실도 인정합니다. 그 점에서 법이란 참 객관적이구나 하는 감탄도 하였습니다. 또한 풀어지지 않은 전생의 인연과 현재의 알 수 없는 힘들이 작용하여 두 사고를 일으키지 않았나 생각하기도 합니다.

문제는 이 여러 가지 각도의 생각들이 한가지로 합쳐져서 결론내지 못하고 아직까지 불쑥 안 좋은 감정이 치밀어 오를 때가 많다는 것입니다.

예전에는 현실적 상황에서 파생되는 감정들을 억눌렀을 것이지만 지금은 그 감정을 인정하고 좋은 방향으로 전환하려고 노력하고 있습니다.

결론적으로 선생님께서는 저의 수련이 경지에 올랐다 말씀해 주시지만 제 자신이 스스로를 들여다보면 매우 한심하다는 생각을 버릴 수가 없습니다.

뛰어넘고 싶지만 쉽지 않습니다. 그래도 끝장은 보고 싶기 때문에 노력할 것입니다.

이만 줄이겠습니다.

2015년 6월 20일 신지현 올림.

[회답]

사람의 인품은 이처럼 사소한 사고를 둘러싼 구체적인 인간관계에서 명확하게 드러나게 되어 있습니다. 제삼자로서 객관적으로 살펴보아도 세 엄마들의 행동거지의 우열이 두드러지게 돋보입니다.

세 엄마들 중에서도 신지현 씨가 다른 두 엄마들을 두 수쯤 앞서 있습니다. 그 때문에 일이 원만하게 수습되었습니다. 이해타산에 구애 받지 않고 언제나 내가 좀 손해를 보고 있다고 느낄 때가 항상 인간관계의 적정선이라는 것을 명심하시기 바랍니다.

색즉시공(色卽是空)

선생님 반갑습니다.

- 지난주는 『선도체험기』 15권 읽고 막연한 공(空)의 개념을 이해
할 수 있었습니다.

색즉시공 공즉시색의 공의 개념 이해.(인간의 전생→물→구름,
안개→기체→창공→본질은 공(空)이다.)

- 성 에너지를 연정화기로 전환이 가능하다 하여 에너지가 생길
때 상단전으로 올려 중단전으로 내려 하단전에 축기하려고 노력하고
있습니다.

- 대행스님의 주인공(主人空)의 의미가 마음에 와 닿았습니다.

- 새로운 체험은 일요일은 인천에 아들 면회 갔다 왔는데(남수단
평화 유지군 파견 교육 중) 운전을 왕복 8시간 했는데 회음 명문에
따뜻한 기운이 있어서 졸지 않고 맑은 정신으로 운전 했는데 운전하
는 동안 너무 좋았습니다.

- 현재 수련 상태는 103배 수련 후 단전호흡 시 백회로 약간 시원
한 기운이 들어오는 느낌이 있습니다.(단전호흡 시 지리산 천황봉의
기운을 받는다 생각과 단군 할아버지 기운을 받는다는 의념으로 진
행합니다.)

- 이번 주도 103배 수련과 『선도체험기』 읽으면서 수련에 매진토

록 하겠습니다. 도서관에서 집중하여 체험기 보면서 수련토록 하겠습니다.

- 선생님의 가르침을 받고자 합니다.

늘 건강하시길 기원 합니다. 고맙습니다.

2015년 6월 22일 광주에서 제자 김광호 올림

[회답]

아직은 단전에 축기를 완성해야 하므로 백회로 시원한 기운이 들어오는 느낌이 들더라도 백회를 의식하지 말고 배꼽 밑 5cm의 단전을 의식해야 합니다. 단전에 기(氣)의 방(房)이 형성되고 축기가 완성되었다는 느낌이 들 때까지 그렇게 해야 합니다.

전생의 악연

선생님 글을 이제야 읽었어요.

이미 맞는 것인지는 모르겠지만 벌써 왜 그럴까 하고 관을 해 보았어요.

왜 그 건축주의 목소리만 들어도 무서운지.

어렴풋이 전생에서 아주 나쁘게 나를 괴롭혔던 사람이었다는 느낌이 왔어요.

이제는 더 막지를 못하겠어요.

터를 닦고 아이들이 자란 이 곳을 떠날 때가 오고 있는 것 같아요.

2015년 6월 26일 김영애 올림

[회답]

관을 더 계속하세요. 그렇게 관을 하다가 보면 앞으로 어떻게 해야 할지 분명 암시가 있을 것입니다.

그리고 구도자인 김영애 씨는 그 사람과의 전생의 악연을 금생에는 어떤 일이 있어도 상생의 관계로 전환시켜야 할 것입니다.

10일 단식

선생님 반갑습니다.

지난 6/22일 선생님은 "단전의 기(氣)의 방을 형성하고 단전 축기 완성 노력해라." 지도하셨습니다.

다음은 한 주 동안 주요 수련 내용 입니다.

- 『선도체험기』 7권, 10권, 11권 완독

- 아침, 저녁 103배, 축기 수련 실시 (와공, 입공)

- 6.28(일) 새벽 1,000배 수련 실시 (천부경 10회)

- 선생님의 21일 단식하시는 것 보고 단식 10일 도전 (오늘 4일차 이나 회사 생활 하는 데 지장 없음)

저의 수련 소감 : 집 앞 월봉산에서 수목지기 수련 시 종전보다 많은 기운을 느꼈습니다.(자연과 하나 되는 무아지경 상태가 좋았습니다.) 단전에 의식을 두고 축기하도록 계속하여 노력하겠습니다.

선생님 지도 원합니다. ^-^

2015년 6월 29일 광주에서 김 광호 올림

[회답]

1. 『선도체험기』는 7권을 읽었으면 8권, 9권, 10권, 11권을 순서대로 읽어야 올바른 수련이 된다는 것을 명심하기 바랍니다.

2. 단식을 10일씩이나 하려면 회사에서 적어도 15일간 정식 휴가를 맡은 다음에 모든 준비를 다 갖춘 뒤에 여유 있게 시작해야 합니다.

3. 천부경 수련을 할 때는 삼일신고도 같이 암송하기 바랍니다.

비담과 김유신의 화해

안녕하세요, 선생님.

부산의 신지현입니다.

저의 인품이 두 수 앞선다고 칭찬해주시니 감사합니다만 마냥 뿌듯해 할 수는 없네요……

저 역시 감정에 치우쳐 두 엄마를 안 좋게 표현했고 이번 두 가지 사고에 대해 상대방 엄마의 말을 들으면 아마 다른 관점의 의견이 나올 것이 분명하니까요.

아무튼 해결되고 나니 기운이 더 강하게 들어오는 듯합니다. 신성주와 태을주 수련을 한 후 처음엔 작은 샘물, 기계가 설치된 작은 폭포, 외가 댁 앞을 흐르는 시냇물 순으로 꿈을 꾸었습니다. 태을주가 수기라고 하는데 그것을 암시하는 것이 아닌가 생각합니다.

재미있는 점은 폭포 앞이나 시냇물에서 여자들이 빨래를 하고 있었습니다. 그리고 자전거 사고를 일으킨 용의자라고 할지요. 심증이 가는 빙의령이 있습니다.

자전거 사고가 일어나기 전 아들이 한번은 몹시 속상해 하며 가위바위 보를 자꾸 진다며 자기가 몹시 재수가 없다고 하는 것이었습니다. 저는 그때 아들에게 집중하지 못한 것을 후회합니다.

뭘 그런 걸 재수 없어 하냐고 생각하고 넘어갔습니다. 며칠 전에 아들이 요즘엔 가위바위보에도 이긴다면서 예전에는 같은 아이에게 한번에 일곱 번 연속으로 진 적도 있다고 하는 것이었습니다. 어쩐지 선득함과 예사롭지 않다는 생각이 들면서 그 빙의령이 생각났습니다.

제가 최근 선생님과 메일 교신을 하면서 기운을 회복하였을 때 아들이 학교 계단에서 굴렀습니다. 다행히 안전하게 착지하여 무릎에 멍이 들었을 뿐 멀쩡하였습니다. 목격한 친구들이 감탄할 정도였다고 합니다.

제가 그 계단을 떠올리자 키가 크고 풍체가 훌륭한 무사 타입의 신라시대 화랑이 보이면서 저에게 빙의되었습니다.

누구인가 집중하니 비담(毗曇)이라고 하였습니다. 무슨 용건으로 나에게 온 거냐고 물어보았으나 저와 의사를 나누고 싶어하지 않았습니다. 다른 빙의령은 자신의 감정을 확 드러내고 가까이 보이는 반면 분명 빙의된 건 맞는 것 같은데 멀찍이 떨어져서 외면하고 있는데다 올곧은 성품에 격이 있어서 오히려 아들의 보호신명 같은 것은 아닌가 생각될 정도였습니다.

그 당시에는 별로 신경 쓰지 않았으나 결국 아들의 가위바위보 사건 때문에 비담에 대해 인터넷으로 찾아보았습니다.

오래 전 선덕여왕이라는 드라마를 방영했었는데 너무나 사실과 거리가 멀어 보여서 1회만 보고 말았습니다.

그러나 늘 인터넷 기사에 올라와서 배우 김남길이 비담이고 반역을 일으켰다는 것 정도는 알고 있었습니다.

실제로 비담이 선덕여왕 재위 시절 반란을 일으켰던 최고위직이었던 것을 알게 되었고 선덕여왕을 보필하던 김유신에게 져서 구족이 멸해 졌다는 것을 알게 되었습니다. 그 빙의령이 비담이 맞다면 자신의 욕심보 다는 정말로 선덕여왕의 치세에 문제가 많았을 거란 생각이 들었습니다.

곰곰이 생각해보니 비담이 원한을 가질 사람은 자신의 영달을 위해 형편없는 여왕을 끼고 있는 김유신일 것이고 원망과 패배의 쓴맛을 깊이 맛보았을 것입니다. 그래서 혹시 아들이 전생에 김유신이었던 건가 하는 데까지 생각이 미쳤습니다.

저 역시 자전거 사건으로 기적으로 금전적으로 심적으로 불편함을 맛보았으나 아들은 가위 바위 보로 울분을 느낄 만큼 패배감을 맛보았고 최고의 즐거움이었던 자전거 타기가 영원히 금지되어 좌절감을 맛보았으니 나름 복수한 셈이 아닐까 생각합니다.

그렇게 생각하면 비담의 복수가 귀엽고 시트콤 같습니다만 솔직히 단순한 추리인지라 확인은 할 수가 없습니다.

또한 비담이 저와도 의사를 섞고 싶어 하지 않았으니 저 역시 연루된 사람이 아닌가 의심합니다만 이상할 정도로 제 전생은 알 수가 없습니다.

어쨌든 이제부터는 아들이 조금이라도 이상한 말을 하면 아들의 빙의령은 아닌지 잘 살펴볼 생각입니다. 아들의 빙의령은 당연히 저에게 넘어온다고 생각하였는데 그런 것도 아닌 것 같습니다. 그럼 이만 줄이겠습니다.

2015년 6월 30일 신지현 올림.

[회답]

지금은 상극(相剋)의 선천시대를 끝내고 상생(相生)과 해원(解冤)의 후천 선경(仙境) 시대가 열리는 때이고 바로 이를 관장하기 위해서 증산 상제는 간방의 조선에 사람의 탈을 쓰고 내려와 선경시대의 청사진인 천지공사를 주로 그의 탄생지인 전남 고부군 일대에서 1백년 전에 시행했다고 말했습니다.

바로 그러한 시대의 추세를 타고 한때 상극이었던 비담과 김유신이 자전거 사건을 통하여 서로 원한을 풀 수 있었다면 오죽이나 좋은 일이겠습니까?

여기서 중요한 것은 그것이 진실 여부가 아니라 그 일을 통하여 신지현 씨의 수련이 몇 단계 향상되고 있다는 현실입니다. 부디 지금의 수련을 계속 밀어 붙여 이 기회에 몇 단계 더 향상되기 바랍니다.

태을주 수련

선생님 오늘 책 잘 받았습니다.

이틀 전에 태을주 염송하고 있는데 머리가 뚜껑 열리듯이 열려 둥근 모양에 가운데는 마름모꼴에 그 가운데는 나침반 같은 것이 있고 우주선 같은 모양이었습니다.

또 하나는 팽이 모양의 우주선 같은 것이 보이더니 하단전 중단전을 둥근 용수철 모양의 기운이 돌면서 다니고, 아픈 곳을 둥근 팬 같은 모양이 빛으로 찜질하듯 움직입니다.

또 여러 가지 기구나 사람이 보입니다. 걱정은 하지 않지만 계속 태을주를 염송해도 될까요? 하는 도중에 저절로 태을주를 멈추기도 합니다만. 다행이 기운은 넘치게 많이 들어와 제 몸이 옷걸이만 남은 것 같을 때도 있습니다. 감사합니다.

2015년 6월 30일 민지윤 올림

[회답]

민지윤 씨는 지금 태을주 수련에서 큰 성과를 올리고 있습니다.

기운이 들어오는 한 중간에 멈추는 일 없이 계속 밀어 부쳐야 합니다.

후천 선경 시대에는 선천 시대에 핍박만 받던 여성의 지위가 크게 향상되어 남자와 대등해지고 실제로 아내의 동의 없이는 남편은 아무 일도 못하게 됩니다. 그것이 각 방면에서 꾸준히 현실화되고 있습니다.

선도에서도 요즘 특별히 여성 구도자의 수행이 남자들을 압도하고 있습니다. 그러나 실력과 능력과 지혜가 출중해야 지위도 자연 향상된다는 것을 잠시도 잊지 말기 바랍니다.

수련 상황

선생님 반갑습니다.

지난주 7월 6일 선생님은 "『선도체험기』는 적어도 일주일에 두 권 정도는 읽어라" 지도하셨습니다.

네 『선도체험기』는 순서대로 두 권 이상 읽고 있습니다.(현재 24 권 완독)

한 주 수련 내용

☞ 『선도체험기』는 방송대 도서관에서 매일 오후 6 : 30분~10 : 30 정독하고 있습니다.

- 휴식시 학교 운동장에서 입공 실시. 장천혈로 백회로 기운이 아 주 기운차게 운기됨.

☞ 기본 수련은 103배 절 운동 및 천부경, 삼일신고, 대각경, 한, 한기운, 한마음, 한누리 암송.

명상 수련

- 운기 체험 내용 : 노궁혈이 손바닥이 아플 정도로 기운이 세게 느껴지고 백회는 약하게 느껴지고 머리 부분에 벌레 두 마리가 돌아

다니는 느낌 팔, 다리에도 벌레가 걸어 다니는 느낌임.

용천혈은 다리가 저린 것처럼 계속 느낌이 옴.

지속적으로 단전에 축기하겠습니다.

☞ 7월 11일 지리산 천황봉 등산(산청 중산리→천황봉 (왕복 10.6 km)

광주 4 : 30분 출발→중산리 6 : 30 도착 및 산행→천황봉 도착 10시

- 하산 중산리 도착 1시 30분(7시간 산행함)

산행 중 느낀 점 : 오행생식 하면서 몸이 가벼워 등산 및 하산시 거침없이 산행이 쉬운 것을 처음 느낌. 신비한 체험임. (천황봉 6번째 등산)

☞ 7월 10일부터 오행생식 실시함 (아침, 저녁 두 숟갈씩 점심은 천기)

허리 명문 위에 7월 11일~7월 12일 아픈데 명현현상으로 생각되어 의식 집중 관찰하여 극복해 나가고 있음.

선생님 지도를 원합니다. ^-^

2015년 7월 13일 광주에서 김광호 올림

[회답]

기왕에 선도 수련을 본격적으로 할 결심이라면 거리상 수도권에 사는 수련생들과 같이 1주일에 한두 번씩 삼공재에 와서 수련하기는 어렵겠지만 한 달에 한번 정도라도 서울에 와서 수련을 하는 것이 어떨까 합니다.

그리고 나한테서 수련 지도를 받으면서 생식은 다른 데서 구입하는 것 역시 자연스럽지 못하니 가능하면 이곳에 와서 체질점검을 받고 생식처방도 받기 바랍니다.

태극도주의 능

부산의 신지현입니다.

현재 열심히 수련하려고 노력하고 있고 저녁에는 아들과 태을주를 백 번 외웠습니다. 원래 2백 번 하려고 하였으나 아들이 지루해 하고 제가 시키니 억지로 하고 있어서 특별한 효과는 모르겠습니다.

그저께 박동주와 카톡으로 증산도 도전에 빠진 내용에 대하여 이야기 하였습니다.

《제자가 여쭈기를, 항상 가르침을 내리시기를 동래 울산이 흔들거리니 천하의 군대가 다 쓰러진다 하시고, 동래 울산이 진동하니 사국 강산이 콩 볶듯 한다고 하시니, 이것이 무슨 뜻입니까?

말씀하시기를, 동래 울산 그 사이에 천년 묵은 고목에 잎이 피고, 동래 울산 그 사이에 만년 된 고목에 꽃이 피느니라.

제자가 여쭈기를, 시속에 경상도 대야지 노래가 있으니 무슨 뜻입니까?

말씀하시기를, 경상도에 세상을 고칠 큰 대야가 나오느니라 하시니라. 하루는 말씀하시기를, 형렬아. 뒤에 오는 사람이 상등 손님이 되노라.

말씀하시기를, 남원 무당이 큰 굿을 하면 천하의 군대가 모두 쓰러지리라.

제자가 여쭈기를, 세상에 영판 좋다는 말이 있어 자주 흥을 돋우사 가르치시니 어째서입니까?

말씀하시기를, 영남판이니라.

말씀하시기를, 대인의 행차에 삼초(三硝)가 있으니, 일초는 갑오가 맡았고, 이초는 갑진이 맡았고, 삼초는 병희가 맡았나니, 삼초 뒤에 대인의 행차가 이르느니라.》

(복사가 안 되는 관계로 한자는 이미지 파일을 첨부하였으며

http://www.msge.co.kr/go/the04.htm

연결 싸이트는 여기로 5장 부분입니다.)

증산도 도전에 이 부분이 삭제된 이유가 고위직들이 영남 사람이 아니기 때문이라고 동주가 설명해 주었습니다. 이 이야기가 첨부된 도전은 다른 교파인 대순진리교의 도전이었습니다.

저는 증산도는 그냥 증산도인 줄만 알았지 강증산 상제님이 돌아가시고 난 후 만들어진 교파가 여러 가지인 것을 처음 알게 되었습니다.

그 중의 하나가 부산 감천동에 위치한 태극도인데 도주는 강증산 상제님의 유골을 한때 도굴하였던 조철제라는 사람이었습니다.

박동주가 어릴 적 한때 감천에 살았었는데 구천상제 강증산과 옥황상제 조철제의 커다랗게 만든 무덤 두 개가 있다고 하였습니다.

실제 강증산 상제님의 무덤은 다른 곳에 있으나 소문에 의하면 조철 제가 강증산 상제님의 왼팔을 잘라서 도망갔다 하니 그 무덤에 팔이 들어있는 것은 아닌가 궁금하였습니다.

저는 시간이 나면 뒷산을 한 바퀴 도는데 바로 뒷산 너머가 태극 도 신자 십만 명이 살았다던 감천동 태극마을이자 관광지로 알려진 문화마을이고 등산로에서 전경을 볼 수 있습니다. 거기에 커다란 절 같은 구조물이 태극도 건물이라는 것은 예전부터 알고 있었지만 관 심은 전혀 없었습니다.

어제 마음을 먹고 등산로를 벗어나 문화마을 코스를 따라 내려가 십분 정도 걸어서 태극도주의 무덤을 찾아갔습니다.

잔디가 깨끗하게 깎여 있었으며 잔디 보호라고 적혀 있어서 가까 이서 보지는 않았으나 봉분 지름이 3미터는 되지 않을까 싶었습니 다.

박동주는 무덤이 두 개라고 하였으나 하나밖에 없어서 나중에 온 신자이자 묘지기에게 태극도 도주님 무덤은 하나밖에 없느냐고 물었 습니다. 묘지기는 하늘의 상제님이시니 무덤이 아니라 임금과 같은 능이라 해야 한다고 진지하게 말하였습니다. 저는 어이가 없었지만 죄송하다고 태극도주님 능밖에 없느냐고 고쳐서 묻고 왔습니다.

묘지기는 이거 하나라고 하였습니다.

도루 등산로를 돌아 집으로 오면서 증산도 주문을 외우는 척하는 노인이 빙의된 듯하고 이상하게 외우지도 못했던 시천주주가 영세불 망만사지를 빼고 시천주조화정 지기금지원위대강 하고 계속 외워졌으며 집에 와서는 호기심에 열심히 읽고 있던 증산도 도전이 읽기가 싫어졌습니다.

과거에도 말세 종교로 많은 사람들이 어리석은 짓을 했는데 나 역시 그 어리석은 사람이 된 것은 아닌가 회의가 느껴졌고 컨디션도 안 좋았습니다.

오늘 자고 일어나 구도자로서 개벽의 새로운 세상에 집착하지 않고 말세가 와서 내일 곧 죽는다 해도 사과나무를 심기로 하였는데 뭐가 걸릴 것이 있는가 하고 생각을 다잡았습니다. 그러자 어제 빙의된 노인이 면목없는 얼굴로 고개를 숙이고 있다가 제 얼굴을 흘긋흘긋 살피는 장면이 보였습니다.

면목없는 이유는 어제 묘지기가 자신이 관리하는 무덤을 능이라고 부르라고 했기 때문인 듯하였습니다.

그리고 어제 도전을 읽기 싫었던 이유는 빙의된 노인이 그렇게 도전을 수없이 읽고 기다려도 개벽은 오지 않았고 믿는 사람들이 어리석다고 스스로가 회의를 느끼고 있었기 때문이라고 생각되었습니다.

저는 개벽의 시기를 정확하게 말하지 않은 강증산 상제님의 잘못도 있다고 생각하였고 노인은 제 생각에 공감하여 죄책감과 위로받음의 복잡한 감정으로 북받쳐서 울더니 금방 백회로 빠져나갔습니다.

객관적으로 강증산 상제님이 없어도 너는 그런 놈일 거다 하고 욕할 수밖에 없는 사이비 교주인데 그때는 참 제가 이상하게 친절하였습니다. 어쨌든 일말의 양심은 무덤에 남겨두고 간 건가 하는 생각이 들었습니다.

시작은 강증산 상제님과 조철제가 하고, 왜 천도는 내가 하게 된 것인가, 현재 태극도 신도들은 어쩌라는 것일까, 강증산 상제님이 남기고 간 현무경이라는 이상한 책에서 감천 태극도 마을인 듯한 그림이 있는데 태극도 또한 강증산 상제님의 계획 중 하나인 것인가 많은 것이 의문스럽습니다.

하지만 의문은 의문이고 이번 일 이후로 태극도에 대해서 신경을 끊기로 하였습니다.

열심히 수련하겠습니다.

2015년 7월 18일 신지현 올림.

[회답]

남북통일과 개벽은 오는 것은 틀림없지만 정확히 언제라고 자신 있게 말하는 사람은 아무도 없습니다. 왜 그러냐 하면 그것은 하느님만이 아는 비밀인 천기(天機)이기 때문입니다. 도전에도 개벽 일자는 천기라고 말하고 있습니다.

그러나 천지개벽이 126,500년마다 되풀이 되는 것은 역학과 과학이 동시에 말하고 있으니 길어 보았자 50년 안에 지축정립이 일어나지 않을까 생각됩니다.

증산도 단체들에 대해서는 하도 말들이 많으니 얼떨떨할 정도지만 나는 도전을 지금의 형태로나마 만들어서 대대적으로 발간하고 상생 방송국을 운영하고 있는 단체가 그래도 믿을만하지 않을까 생각합니다.

증산도에 대한 나의 지식은 전적으로 도전에 의존하고 있는데 읽을수록 궁금한 데가 많아서 지금 네 번째로 1,098쪽을 읽고 있습니다. 지금으로서는 열심히 공부하는 길밖에 없다고 봅니다. 태극도 교주의 능 답사기는 잘 읽었습니다. 계속 유익한 체험담을 기대합니다.

노궁혈 들어오는 강한 기운

선생님 반갑습니다.

1) 지난 일요일 등산 하면서 노궁혈로 기운이 손바닥이 아플 정도로 세게 오는 것은 정상인가요?(전주 모악산 8시간 등산)

2) 『선도체험기』 구입하려고 합니다.

52~89권 38권, 91권~103권, 109권 14권, 합 52권 책값과 택배비 알려주시면 송금하겠습니다.

3) 다음 주에 전화 연락드리고 방문 선생님 지도받도록 하겠습니다.

2015년 7월 27일 김광호 올림

[회답]

노궁혈로 기운이 강하게 들어오는 것은 기문이 열려서 그리로 기운이 들어오기 때문이니 정상입니다. 책값은 52만 8천원, 택배비는 1만원, 도합 53만 8천원입니다.

도전(道典)을 읽고 나서

안녕하세요, 선생님. 부산의 신지현입니다.

그저께 선생님께 메일을 드렸는데 답장도 없고 수신 확인을 보니 읽지 않으셔서 다시 메일을 고쳐보내 드립니다.

8월 10일 증산도전을 다 읽었습니다.

증산도 공식 싸이트에 전문이 한글로 올라와 있어서 도전과 똑같은지 확인한 후 읽었습니다. 스마트폰으로 보기 좋게 최적화되어 있어서 책처럼 무겁지도 않고 와이파이만 뜨면 지하철에서도 볼 수 있어서 좋았습니다.

읽다가 무슨 착각을 했는지 3편과 5편을 다 읽은 것이 아니라는 것을 알게 되었고 마지막으로 5편 천지공사를 읽게 되었습니다. 다른 편을 볼 때는 기운이 어떻다는 생각이 없었는데 5편은 읽는 동안 백회로 기운이 계속 들어와서 뭔가 있는 것인가 하는 생각이 들었습니다.

증산도 도전은 매우 매력적인 책이었습니다. 실존인물들이 증거하는 상제님의 기적들로 믿음을 주고 누구나 꿈꾸는 조화선경을 천지공사로 열어주신다 하니 저 역시 그런 세상을 상상하면서 가슴이 벅찼습니다. 그런 세상을 굳이 살아보고 싶다기 보다 그런 세상이 존재할 수 있다는 것을 눈으로 보는 것만으로도 가치가 있다는 생각이 들었습니다.

8월 8일 새벽에 꿈을 꾸었습니다. 친구인 듯한 남자가 영화를 보여주었는데 영화관에 들어가니 어두운 무대에 의자에 앉은 여자들이 형광등처럼 빛나는 하얀 공을 들고 있었습니다. 꿈이라서 매스게임을 보는 듯 공의 숫자가 엄청나게 늘어나기도 하고 흔들거리기도 하다가 갑자기 조금 작은 옅은 녹색 공이 나타났습니다.

하얀 공은 노블레스 오블리주를 실천하는 자를 뜻하고 녹색 공은 못 가진 사람, 억울한 사람, 갑과 을 중의 을을 뜻하는 사람들로 하얀 공들이 녹색 공을 도와 모두 하얀 공들이 되어 끝이 났습니다. 아름다운 광경이었고 해원의 의식 같아서 재미있었습니다.

이 날은 알고 보니 증산 상제님의 공식적인 음력 어천일로 절기상 입추이기도 하여 특별한 의미가 있는 듯하였습니다.

도전을 다 읽고 난 뒤 다른 사이트에서 증산도 도전 5편 201장 '진주천자 도수를 준비하심'이라는 부분이 다른 여러 경전에서는 '백의군왕 백의장상(白衣君王 白衣將相)도수'라고 나와 있는 걸 고쳤다고 비판하는 사람들이 있음을 알게 되었습니다.

제 꿈과 연관성이 있는 것 같아 신기하였고 내가 살아있는 동안 그 특별한 행사가 시작될지도 모른다는 기대감이 생기기도 합니다. 그러나 그만큼 의심스러움과 무서움도 컸습니다. 현대를 살아가는 대다수의 사람치고 누가 그런 것을 온 정신 다 내어서 믿을 수 있을까요? 또한 조화선경 이전에 전쟁과 병겁으로 인간이 거의 전멸하여 어육지경을 이룬다 하니 강한 정신으로 버티어 그 세상을 생존하는 사람들의 수고로움을 생각하면 매우 두렵습니다.

믿고 싶으나 다 믿을 수는 없는 마음이지만 언제나 수련은 열심히 하겠습니다.

2015년 8월 13일 신지현 올림.

[회답]

8월 10일자 메일을 읽고 나서 회답 쓸 궁리를 하고 있는 사이에 8월 13일자 메일을 또 받았습니다. 신지현 씨가 도전에 이렇게 관심을 갖게 되다니 무엇보다도 반갑습니다. 나는 도전을 다섯 번째 읽고 있는데 읽을 때마다 거의 처음 읽는 것 같은 느낌을 갖게 됩니다. 그만큼 새로운 것을 발견한다는 얘기입니다.

젊었을 때 성경도 세 번을 읽었는데 도전 읽을 때와는 그 감동 면에서 비교가 되지 않습니다.

그런데 신지현 씨가 읽은 도전은 내가 읽는 종이 책 하고는 어딘가 다른 것 같습니다. 이왕에 정성 들여 읽는 거 종이책을 돈 주고 사서 읽는 것이 어떨까 합니다.

제 돈을 주고 사서 읽는 책이라야 진짜 좋은 책이고 바로 내 자신의 재산입니다. 또 읽는 도중에 밑줄도 칠 수 있고 책의 주인공과 의기투합하여 직접 대화를 하면서 읽을 수도 있으니까요. 신지현 씨는 반드시 그렇게 몰입할 수 있을 것입니다.

초판과 개정판

답장 감사합니다.

선생님의 도전과 제가 읽은 것이 다른 이유는 제가 본 것이 개정판이라서 그런 것 같습니다.

개정판에 대해서도 비판이 있는 모양입니다.

http://www.dojeon.org/dojeon/readkr.php?c=dojeon

증산도 공식적인 개정판 사이트로 선생님도 비교해서 읽어주셨으면 합니다.

사이트 왼쪽 위에 도전 소개가 있는데 어떤 점이 달라졌는지 나옵니다.

책을 사려고 했는데 개정판을 살지 초판을 살지 어떤 크기로 살지 고민하였습니다. 저는 비교 차원에서 초판을 사서 읽어보도록 하겠습니다.

2015년 8월 13일 신지현 올림.

[회답]

도전 초판은 나도 10여 년 전에 읽어보고 『선도체험기』에도 쓴 일이 있지만 도저히 읽혀지지 않아서 읽기를 중단한 일이 있습니다.
내가 보기에는 그 정도로 초판은 미완성품이었습니다. 도전을 읽는
목적이 문헌 비교연구가 아니고 그 증산도의 내용을 파악하려는 것
이라면 개정판을 읽는 것이 좋지 않을까 생각됩니다.

정확한 생식 정보를 원합니다

저는 올해 37세이고 약국을 운영하고 있는 『선도체험기』 독자입니다. 지인에게서 우연히 『선도체험기』라는 책을 소개받고, 유림출판사에 전권을 주문하여 지금은 절판된 몇 권을 빼고 109권까지 완독하였습니다.

일반생활과 마음 치유에 상당한 도움을 받고 있어서 감사말씀 드립니다.

제가 여쭤보고 싶은 말씀은 생식에 대해서입니다.

『선도체험기』 8권을 보고 생식이 하고 싶다는 생각이 들어서 김춘식 선생님의 제자인 김또순 선생님의 생식원에 가서 생식을 먹은 지 6개월 정도 되었습니다. 후에 김태영 생님께서도 생식 대리점을 하신다는 것을 알게 되었지만. 계속 먹던 곳에서 바꾸는 것도 예의가 아니라는 생각이 들어서 계속 주문하고 있는데요.

책을 읽어갈수록 제가 먹는 생식하고 책에 나오는 생식의 이름이 달라서 의아해하고 있던 차에, 인터넷을 찾아보니 '오행생식'이라는 곳과 '오행육기' 생식이라는 곳이 다른 곳이더군요.

선생님의 저서를 보고 생식을 시작한 저로서는 조금 당황스러운 일입니다. 어떤 회사의 제품이 과연 믿을만한 것인지 의문도 생기고. 인터넷으로 볼 때는 오행생식이라는 곳이 품질관리나 규모에 있어서 더 신뢰가 가기는 하는데.

제가 지금껏 믿고 먹어온 생식이 괜찮은 제품이었는지 모르겠습니다. 계속 김또순 선생님의 생식을 먹는 게 나을지, 선생님께서 아직 대리점을 하시는지 모르겠지만 오행생식 제품을 먹는게 나을지 선생님의 고견 부탁드립니다.

두 곳이 처음엔 같은 뿌리였다가 어떤 일로 갈라지게 된 것인지. 아예 처음부터 다른 곳인지도 궁금하고요.

생식과 알즈너 등 선생님의 저서를 읽고 선생님의 삶을 모방(?)하려는 독자들에게 알고 계신 정보를 주시는 것도 필요하다는 생각이 듭니다.

아울러 고령의 연세에도 집필하시는 열정과 체력에 존경을 표하며, 다양한 세계에 눈을 뜨게 해주심에 감사드립니다.

2015년 8월 17일 조세미 올림

[회답]

『선도체험기』를 1권에서 109권까지 읽으셨다니 그 책의 저자로서 고마운 생각과 함께 친밀감이 절로 솟아납니다. 대단한 독서력이십니다. 다 읽으시는 데 최소한 6개월은 걸리셨을 텐데.

그 책의 저자인 나는 지금도 오행생식 대리점을 운영하고 있습니다. 그리고 책에 나와 있는 바와 같이 나에게서 오행생식을 처방받

으시면서도 기문(氣門)이 열린 분을 위해서 삼공재(三功齋)라는 간
이 수련장과 함께 알즈너 대리점도 운영하고 있습니다.(이하 생략)

격언(格言)과 금언(金言)들

자기야말로 자신의 주인
어떤 주인이 따로 있을 것인가.
자기를 잘 다스릴 때
얻기 힘든 주인을 얻으리라. -법구경-

위험을 알고 있으면 함정에 빠지는 일은 없을 것이요,

착한 이를 돕고 어진 이를 천거하면 몸의 안전을 도모할 길이 저절로 열릴 것이고,

인덕을 널리 베풀면 마침내 자손 대대로 영광의 길이 트일 것이요,

질투심을 품고 원한을 갚으면 자손에게까지 환란이 미칠 것이요,

남에게 손해를 끼치고 제 잇속만 차리면 자손의 출세 길이 막힐 것이요,

숱한 사람을 해치고 집안을 일으켜 세운들, 어찌 그 부귀가 오래 갈 수 있으랴.

이름을 갈고 외모를 가꾸는 짓은 간교한 말 때문이고,

앙화가 닥쳐오고 몸이 상하는 것은 모두 어질지 못한 행위가 초래

한 것이니라.
- 진종(眞宗)황제(북송의 세 번째 임금) -

아내도 자식도 부모도 재산도 곡식도,
친척이나 모든 욕망까지도 다 버리고
무소의 뿔처럼 혼자서 가라. - 숫타니파타 -

사치한 자는 3년 동안 쓸 것을 1년에 다 써버리고
검소한 자는 1년 동안 쓸 것을 3년을 두고 쓴다.
사치한 자는 부유해도 만족을 모르고,
검소한 자는 가난해도 여유가 있다.
사치한 자는 그 마음이 옹색하고,
검소한 자는 그 마음이 넉넉하다.
사치한 자는 근심걱정이 많고,
검소한 자는 복이 많다. - 옛 글 -

일은 완벽하게 끝을 보려 하지 말고,
세력은 끝까지 의지하지 말고,
말은 끝까지 다 하지 말고,

복은 끝까지 다 누리지 말라. - 옛 사람들의 생각 -

내가 저지른 죄악은
바로 내 안에서 일어난 것
금강석이 여의주를 부숴버리듯
나의 어리석음을 부숴버려라. - 법구경 -

도리에 벗어난 재물을 멀리하고 과음을 삼가야 할 것이니라.
집을 옮길 때 이웃을 잘 가려야 할 것이고,
벗을 사귀되 잘 선택해야 할 것이니라.
질투심을 일으키지 말 것이며, 남을 헐뜯는 말을 입에 올리지 말라.
친척들 중에서 가난한 사람을 소홀히 대하지 말 것이고,
부자라고 해서 무턱대고 아첨하지 말 것이며,
자기를 이겨내는 데는 무엇보다도 근검을 우선으로 하고,
이웃을 사랑하는 데는 겸손과 화목을 으뜸으로 삼아야 할 것이니라.
늘 지난날의 잘못을 뉘우치고 앞으로 있을 수 있는 허물에 유념하라.
이와 같은 내 말을 잘 따른다면 나라와 집안이 오래도록 잘 다스려질 것이니라.

신종(神宗)황제(북송의 6대 임금)

홀로 행하되 게으르지 말며
비난과 칭찬에도 흔들리지 말라.
소리에 놀라지 않은 사자처럼
그물에 걸리지 않는 바람처럼
진흙에 더럽히지 않는 연꽃처럼
무소의 뿔처럼 혼자서 가라. - 숫타니파타 -

장이태즉실시, 노이해즉무명(壯而怠則失時, 老而懈則無名). - 여씨
춘추(呂氏春秋, 진나라의 정치가 여불위가 문객 3천명과 함께 편찬
한 사론서) -

건강해도 게으르면 때를 놓치고, 노련해도 게으르면 명성을 잃는다.

성질이 심히 포악한 자는
칡덩굴이 큰 나무를 휘감아
말라 죽기를 기다리듯
원수의 소원대로 파멸하고 말리라. - 법구경 -

한 점의 불티가 만 평의 나무를 태우고,

한 마디의 그릇된 말이 평생 쌓은 덕망을 허물어뜨린다.
몸에 한낱 실오라기라도 감고 있다면,
늘 베 짜는 여인의 수고를 생각하고,
하루 세끼를 먹는다면 그때마다 농부의 노고를 생각하라.
구차하게 탐욕을 부리고 시기하여 남에게 손해를 끼친다면
10년간의 평안과 건강도 얻지 못하리라.
남에게 착하고 어진 일을 많이 하다 보면,
반드시 자손에게 영화로운 일이 있으리라.
복(福)과 경사(慶事)는 선행을 많이 쌓는 데서 생겨나고,
범부의 지위를 뛰어넘어 성인의 경지에 드는 것은
진실한 삶에서 오는 것이니라. -고종황제(남송의 초대 임금)-

'이것은 집착이구나, 이곳에는 즐거움도
상쾌함도 적고 괴로움뿐이다. 이것은 고기 낚는
낚시구나' 이와 같이 깨닫고,
지혜로운 자는 무소의 뿔처럼 혼자서 가라. -숫타니파타-

장수선무, 다전선고(長袖善舞, 多錢善賈). -한비자(韓非子)-

소매가 길어야 춤을 잘 출 수 있고, 밑천이 많아야 장사를 잘 할

수 있다.

물극즉반, 수궁이변(物極則反, 數窮而變). - 구양수(歐陽脩) -

사물은 극에 이르면 반대가 되고, 운수가 막히면 변한다.

악한 일은 자신에게 해를 가져오지만
저지르기 쉽고,
착한 일은 자신에게 평안을 가져오지만
행하기 어려우니라. - 법구경 -

그 임금을 알려거든 먼저 그 신하를 보고,
그 사람을 알려거든 먼저 그 친구를 보고,
그 아비를 알려거든 그 아들을 보라.
임금이 거룩하면 신하가 충성스럽고,
아비가 인자하면 그 아들이 효성스러우니라. - 왕량(王良, 춘추시
대 진나라 사람) -

물속의 고기가 그물을 찢듯이 한번 불타버린 곳에는

다시 불붙지 않듯이 모든 매듭을 끊어버리고
무소의 뿔처럼 혼자서 가라. - 숫타니파타 -

유비군자, 여절여차여탁여마(有匪君子, 如切如磋如琢如磨). - 시경
(詩經) -

문장을 아름답게 구사하는 군자는 뼈를 자르고, 상아를 깎고, 옥
을 쪼고, 돌을 갈 듯이 해야 한다.

옥불탁불성기, 인불학부지도(玉不琢不成器, 人不學不知道). -예기
(禮記)-

옥은 쪼지 않으면 그릇이 될 수 없고, 사람은 배우지 않으면 도를
알 수 없다.

위존신위, 재다명태(位尊身危), 財多命殆). -후한서(後漢書)-

지위가 높을수록 몸이 위태롭고, 재산이 많을수록 목숨이 위험하다.

진리대로 살아가는 성자의 가르침을
좁은 소견으로 헐뜯는 바보들은
열매가 여물면 저절로 말라 죽는
갈대처럼 스스로 파멸하리라. -법구경-

물이 지나치게 맑으면 고기가 놀지 않고, 사람이 지나치게
까다로우면 따르는 사람이 없느니라. -공자가어(孔子家語)-

여러 가지 맛에 빠져들지 말고 요구하지도 말며 남을
부양하지도 말라. 누구에게나 밥을 빌어먹고 어느 집에도
집착하지 말고, 무소의 뿔처럼 혼자서 가라. -숫타니파타-

수기이불책인, 즉면어난(修己而不責人, 則免於難). - 좌전(左傳) -

자기 자신을 위한 수행을 하고 남을 탓하지 않으면 난국을 면할
수 있다.

내가 악한 짓을 하면 스스로 더러워지고

내가 착한 짓을 하면 저절로 깨끗해진다.
깨끗하고 더러움은 내게 달린 것.
아무도 나를 깨끗하게 해 줄 수 없노라. - 법구경 -

봄비가 기름처럼 소중하다지만
길 가는 사람에겐 그 질척거림이 방해가 되고,
가을 달이 휘영청 밝다지만
도둑에겐 그 밝음이 장애가 된다. - 명심보감 -

전에 경험했던 즐거움과 괴로움을
모두 던져 버리고, 또 쾌락과 근심을
떨쳐버리고 맑은 고요와 안식을 얻어,
무소의 뿔처럼 혼자서 가라. - 숫타니파타 -

재산을 일으키는 데 있어 올바른 도리에 따르면 일어나고
도리에 거스르면 망한다.
사람이 돈을 나누지 않으면 하늘이 반드시 나눌 것이다.
하늘이 나눈다면 먼저 화를 내릴 것이니 삼가지 않을 수 있겠느
냐!

- 강릉 선교장(船橋莊) 사랑채인 열화당(悅話堂)과 활래정을 지은
대지주 이 후(李垕, 1773~1832)가 후손들에게 남긴 재물관(財物觀) -

제아무리 남을 위한 소중한 일이라 해도
자신의 의무를 소홀히 하지 말라.
자기가 해야 할 일이 무엇임을 알고
그 일에 항상 최선을 다하라. -법구경-

대장부는 선(善)에 투철하므로 명분과 절의를 태산처럼 중히 여기
고, 마음 씀이 엄밀하여 생사를 홍모(鴻毛)처럼 가볍게 여긴다.

- 명심보감 -

최고의 목표에 도달하기 위하여 열심히 노력하고,
마음의 안일함을 물리치고 수행에 게으르지 말며,
부지런히 정진하여 몸의 힘과 지혜의 힘을 갖추고,
무소의 뿔처럼 혼자서 가라. - 숫타니파타 -

이 세상 모든 것을 환상으로 본다면 공명과 부귀는
말할 것도 없고 내 몸까지도 빌려가진 형태이며,

이 세상 모든 것을 참된 경지로 본다면 부모형제는
말할 것도 없고, 만물이 모두 나와는 한 몸이 된다.
어떤 사람이 능히 일체가 환상임을 간파하고 만물이
나와 한 몸임을 인정한다면, 비로소 그는 천하를
이끌어나갈 수 있는 사명을 맡을 수 있고, 동시에
세속의 얽매임에서도 벗어날 수 있다. - 채근담 103조 -

비열한 짓을 하지 말라.
게으름을 피우고 건들거리지 말라.
그릇된 소견에 따르지 말라. 그리하여
이 세상에서 근심거리를 만들지 말라. - 법구경 -

남의 불행을 동정하고,
남의 착한 일을 기뻐해 주고,
위급한 사람을 구해주고,
위험에 빠진 사람을 건져주어야 한다. - 명심보감 -

홀로 앉아 명상하고,
모든 일에 항상 이치와 법도에

맞도록 행동하며 살아가는 데 있어서
무엇이 근심인지 똑똑히 알고,
무소의 뿔처럼 혼자서 가라. - 숫타니파타 -

먼저 생각하라. 그 다음에 말하라.
'이제 그만'이라는 말을 듣기 전에 그쳐라.
사람이 짐승보다 나은 것은 말하는 능력을
가졌기 때문이다. 그러나 이 능력을
부당하게 행사하는 짓을 서슴지 않는다면
그런 사람은 짐승만도 못하다. - 마하트마 간디 -

즉시현금 갱무시절(卽時現今 更無時節). - 임제선사(臨濟禪師) -

지금이 바로 그때다.

* 지나가버린 과거를 후회하고 오지도 않는 미래에 희망을 걸지
말고, 바로 지금 이 시간에 최선을 다하는 후회 없는 삶을 살라는
뜻이다.
사람은 태어날 때 입 안에 도끼를 물고 나온다.
어리석은 사람은 함부로 말을 함으로써

그 도끼로 자기 자신을 찍는다. - 숫타니파타 -

수본진심 제일정진(守本眞心 第一精進). - 휴정선사(休靜禪師) -

자기 본래의 천진한 마음을 지켜나가는 것이 으뜸가는 수행이다.

적조조, 내거무색괘(赤條條, 來去無素掛). - 홍루몽(紅樓夢) -
실로라기 하나 걸치지 않는 알몸이라야, 이승을 오가는 데 걸림이 없다.

떨치고 일어나 게으름 피우지 말라.
선행의 도리를 직접 실천하라.
진리대로 행동하는 이는
이 세상 저 세상에서 편히 잠들리라. - 법구경 -

자기 눈으로 직접 본 일도 진실이 아닌 경우가 있거늘,
어깨너머로 들은 말을 어찌 그대로 믿을 수 있단 말인가. - 명심보감 -

집착을 없애는 일에 게으르지 말고, 벙어리도 되지 말라.
학문을 닦고, 마음을 안정시켜 이치를 분명히 알며,
자제하고 노력해서, 무소의 뿔처럼 혼자서 가라. - 숫타니파타 -

인불경절, 지불경원(仁不輕絕, 知不輕怨). - 전국책(戰國策, 중국
전한(前漢) 시대의 유향(劉向)이 동주(東周) 후기인 전국시대(戰國
時代) 전략가들의 책략을 편집한 책이다. 이를 후대에 보정(補訂)하
여 33편으로 정리하였다.)

어진 사람은 친하게 지내던 사람과 쉽사리 절교를 하지 않고, 지
혜로운 사람은 쉽사리 누구를 원망하지 않는다.

자기 집 두레박 줄 짧은 것은 탓하지 않고,
남의 집 깊은 우물만 원망한다. -명심보감-

떳떳한 행동을 하라.
나쁜 짓을 하지 말라.
진리대로 행동하는 이는
이 세상 저 세상에서 편히 잠들리라. -법구경-
주요소음, 사요다지(酒要小飮, 事要多知).

술은 적게 마실수록 좋고, 일은 많이 알수록 좋다.

호사귀수구, 고향안가망(狐死歸首丘, 故鄕安可忘). - 조조(曹操) -

여우도 죽을 땐 언덕 쪽으로 머리를 돌리거늘, 사람이 어찌 고향을 잊을 수 있겠는가!

물거품처럼 세상을 보라.
아지랑이처럼 세상을 보라.
세상을 이렇게 보는 사람은
죽음의 왕도 감히 넘보지 못하리라. - 법구경 -

탐관오리(貪官汚吏)가 세상에 가득 찼건만
박복한 사람만이 걸려들어 죄인이 되는구나! - 명심보감 -

이빨이 억세며 뭇 짐승의 왕인
사자가 다른 짐승들을 제압하듯이,
궁핍하고 외딴 곳에 거처를 마련하고,
무소의 뿔처럼 혼자서 가라. - 숫타나파타 -

천하지환(天下之患) 막대어부지기연이연(莫大於不知其然而然).

- 소철(蘇轍) -

세상에는 그 원인을 모르는 것보다 더 큰 환란은 없다.

(『선도체험기』 111권에 계속됨, 111권은 110권이 나간 지 6개월 후에 발행될 예정임)

저자 약력

경기도 개풍 출생
1963년 포병 중위로 예편
1966년 경희대학교 영어영문학과 졸업
    코리아 헤럴드 및 코리아 타임즈 기자생활 23년
1974년 단편 『산놀이』로 《한국문학》 제1회 신인상 당선
1982년 장편 『훈풍』으로 삼성문예상 당선
1985년 장편 『중립지대』로 MBC 6.25문학상 수상

저서로는 단편집 『살려놓고 봐야죠』(1978년), 대일출판사, 민족미래소설 『다물』(1985년), 정신세계사, 장편 『소설 환단고기』(1987년), 도서출판 유림, 『인민군』 3부작(1989년), 도서출판 유림, 『소설 단군』 5권(1996년), 도서출판 유림, 소설선집 『산놀이』 ①(2004년), 『가면 벗기기』 ②(2006년), 『하계수련』 ③(2006년), 지상사, 『선도체험기』 시리즈 등이 있다.

선도체험기 110권

2015년 10월 7일 초판 인쇄
2015년 10월 15일 초판 발행

지은이   김 태 영
펴낸이   한 신 규
편 집   안 혜 숙
펴낸곳   글앤북
주 소   138-210 서울특별시 송파구 동남로 11길 19(가락동)
전 화   Tel. 070-7613-9110   Fax. 02-443-0212
등 록   2013년 4월 12일(제25100-2013-000041호)
E-mail   geul2013@naver.com

ISBN   979-11-955266-4-2   03810   정가 15,000원